작별들
순간들

작별들
순간들

배수아 산문

문학동네

차례

허공에 대하여. 카스파르 다비드 프리드리히,

그가 허공을 그리고 있을 때면

특히 그 어떤 대화도 참기 힘들어했다고 전해진다.

—게르하르트 마이어, 『곧게 뻗은 운하Der schnurgerade Kanal』

프롤로그

처음에는 순간에 대해서 쓰려고 했다. 내가 이 글을 쓰고 있는 바로 그 순간 일어나는 일들에 대해서. 그러나 글을 쓰기 시작하자, 그것은 하나의 순간이 아닌 동시에 존재하는 많은 순간들이 되었다. 글은 모든 순간에 있었다. 나는 글과 함께 있었다. 오늘 아침, 나는 두 마리의 공작과 두 마리의 까마귀 그리고 한 마리의 뒤영벌과 함께 이 순간에 머문다. 오색 칠한 양철판으로 만들어진 공작은 잡화 할인점에서 발견했고 나무로 조각한 까마귀들은 창고형 벼룩시장에서 사왔다. 그리고 한 마리의 크고 통통한 털북숭이 뒤영벌, 그것은 조금 전까지 테라스의 등나무 의자에 걸쳐둔 양털 가죽에 달라붙어 있었다.

의자에 앉으려던 나는 기다란 정원용 빗자루를 휘둘러 벌을 쫓았지만, 뒤영벌은 최면 속으로 빠져들어가게 하는 모노톤의 잉잉거림을 내며 내 주변을 계속 빙글빙글 날아다니다 다시—단 한 번도 세탁한 적이 없는—원래는 흰색인 거무스름한 양털 사이로 내려앉았다.

연인

삼십 년이 지난 뒤, 연인을 만났다. 한동안 베를린 집에서 홀로 지내게 된 나는 어느 날 순전한 호기심과 충동으로, 소파에 가려서 보이지 않는 책장의 가장 아래 칸을 살펴보았다. 커다란 소파를 치우자 먼지로 덮인 책들이 나타났다. 마르코 폴로 여행안내서, 심농 추리소설, 지나간 심포지엄이나 행사용 자료, 가와바타 야스나리와 이노우에 야스시의 소설, 장 주네, 폴 볼스 등의 책이 있었다. 그 가운데서 나는 마르그리트 뒤라스의 『연인』을 발견했다.

베를린 서가의 주인은 일평생 단 하나의 헌책방도 절대로 그냥 지나치지 못했다. 그래서 지금 각각 다른 장소에 있는 그의 서재 세 곳은 책으로 가득하며, 그때그때의 운명과 우연에 따라, 여행과 체류 계획에 따라 각 서재의 책들을 재배치하는 일에 그는 열정을 쏟아부었다. 그는 자동차 트렁크에 커다란 여행가방을 싣고 한 서재에서 다른 서재로 떠난다. 어디로 떠나든 여행가방에는 다른 물건은 거의 없이 오직 책이 가득하다. 그의 여행가방은 그 자체로 작은 도서관이다. 명목상으로는 여행중에 읽게 될 책들, 하지만 대부분은 읽는다는 직접적인 필요보다 여행지인 장소에 어울린다고, 그러므로 반드시 동행해야 한다고 느끼는 책들이다. 그 책들은 그곳에 있어야만 하기 때문에 그곳으로 떠나는 것이다. 자신이 갈 여행지에 머문 적이 있는 작가들의 작품, 그곳에서 작업했다고 알려진 책들, 그리고 그 작가들의 인터뷰 필름, 오슨 웰스가 그 장소에서 찍은 영화, 지금과는 다른 시대의 예술과 문학과 작가와 영화, 그리고 그런 책과 영화에 관한, 그들의 시대에 관한 다른 저자들의 책들…… 그의 여행가방은 그 어떤 경우라도 절대로 '충분히' 클 수가 없다. 헌책방에서 마음에 드는 책을 발견할 경우, 그 책을 이미 갖고 있다 할지라도 또다시 구입하는 데 그는 주저함이 없다. 붉은 뺨의 청년이 1972년에 구입한 책과 이후 많은 것을 경험한 사람이 21세기에 다시 발견한 책은 분명히 다르기 때문이다. 그리하여 그는 한 권을 이 서재에, 다른 한 권을 다른 서재에 옮겨놓기 위하여 기꺼이 여행을 떠난다. 놀랍게도 나는 일생 동안 그런 사람을 몇몇 만난 적이 있다. 나는 그들에게 끌렸고 그들은 내게 말을 걸었다. 그들은 책과 여행가방으로 대표되는 어느 한 세대의 마지막을 살았던 사람들이고, 살고 있는 사람들이다.

베를린 서가의 주인은 헌책방이 아닌 대형 서점은 거의 출입하지 않는데, 일단 책값이 비싸다는 것이 가장 큰 이유지만 근본적으로는 신간, 베스트셀러, 이런저런 화제성이 큰 책들이 주로 자리를 차지하고 있기 때문이다. 그곳에서는 시간대의 지층이 없이 오직 리얼타임의 사물들만이 가치를 갖는다. 그리고 놀라운 속도로 쇄신된다. 우리는 산책길에 서점 진열장에 전시된 시대의 영혼을 구경한다. 그리고 산책을 계속한다. 신간을 사야 할 경우 그는 동네의 단골 책방에서 주문을 한다. 나는 언젠가 그에게 킨들을 선물해주었는데, 전자책이 도서관을 통째로 들고 다니는 고난의 여행에서 그를 해방시켜주리라고 착각했던 것이다. 그는 킨들을 활용하긴 했으나 여행가방 속 내용물은 조금도 줄어들지 않았다. 그는 계속해서 여행가방 가득히 자신의 시대를 기꺼이 짊어지고 간다.

지난 며칠 동안 나는 『연인』을 다시 읽었다. 책표지는 장자크 아노의 필름 한 장면이었다. 속표지에서 번역자의 이름을 발견한 나는—독일의 책은 한국과 달리 번역자의 이름이 표지에 드러나지 않는다. 설사 번역자가 작가보다 유명하다 할지라도 예외가 아니다—반가운 마음에 취리히에 있는 R에게 편지를 썼고, 베를린의 책장을 뒤지다가 우연히 당신이 번역한 『연인』을 찾아내서 읽기 시작했다고 전했다. 나는 오래전 대학 시절에 읽었으므로 당연히 이 책을 안다고 생각했으며, 그래서 처음에는 다시 읽으려는 생각이 없었지만, 첫 페이지를 펼쳐든 순간 도저히 읽기를 멈출 수 없었노라고. 내가 삼십 년 전 모국어로 읽었던 당시에는 이 책이 내용이 아니라 언어라는 것을 알아차리지 못했으며, 그러므로 과거에 내가 읽은 것은 다른 작품이나 마찬가지였다고 썼다. 번역자인 R은 바로 답장을 보내왔다. 내가 자신이 번역한 『연인』을 읽고 있다니 무척 기쁘다고, 그 작품은 물론 원문인 프랑스어로 읽는 것이 가장 아름답지만, 그래도 원본 텍스트의 소리와 리듬을 재현하기 위해 최선을 다했노라고, 그것들이 결여된다면 책은 결코 원래의 모습일 수 없기 때문에. 아노의 영화는 그 작품에서 언어와 시poetry가 빠졌을 때 문학의 줄거리가 얼마나 쉽게 포르노로 변할 수 있는지를 보여주었다고.

나는 연인의 장소에 대해서 말하고자 한다.

내가 『연인』을 읽고 있는 이 집은 오직 서가이다. 사방의 벽뿐 아니라 그 이상의 공간이 책과 필름, 음반으로 이루어진 장소이다. 나는 화집과 필름 관련 책들이 꽂힌 책장 앞 간신히 마련한 빈자리에 매트리스를 놓고 잠든다. 내 머리맡에는 파솔리니와 데릭 저먼 관련 책이 가득이다. 처음 이 집에 왔을 때 나는 독일 작가나 문학에 대해서 아는 바가 거의 없었고, 이 집의 서가는 내게 거대한 카오스 자체로 보였다. 나는 손이 닿는 대로 아무렇게나 책을 꺼내서 살펴보고, 아무것도 이해하지 못한 채 그것을 다른 자리에 다시 꽂아놓곤 했다. 몇 년의 시간이 흐르면서 나는 이 서가에 내가 모르는 모종의 질서가 있음을 어렴풋이 깨달았다. 책장 앞쪽에는 아프리카와 아시아 등에서 구한 토기 인형들이 진열돼 있는데, 책을 빼내면서 떨어뜨리는 바람에 대다수는 망가지고 부서진 상태이다. 떨어져나간 팔을 테이프로 붙여놓은 여신 칼리의 인형이 있는 자리는 힌두 신화에 관한 책들 앞이다.

방뿐만 아니라 복도에도 천장까지 책장이 설치되어 있어서, 거기서 책을 꺼내려면 마치 헌책방에서처럼 사다리를 타고 올라가야만 한다. 길게 내려온 천장 조명이 비치지 않는 높은 곳의 책을 찾으려면 헤드랜턴이 필요하다. 베를린 서가의 주인은 아주 이른 나이에 작가가 되기로 결심했고, 일생 동안 책뿐 아니라 일기와 메모, 편지, 엽서, 타이프라이터로 쓴 수천 장의 원고들, 작업을 위한 스케치와 콜라주를 모아두었는데 그것들은 방을 넘어서 주방과 욕실까지 차지하고 있다. 선반에 놓인 수십 년 된 낡은 원고나 그림들을 나는 절대 건드리지 않는다. 오래 묵은 먼지로 덮인 그것들은 긴 세월에 금방이라도 바스라질 것 같기 때문이다. 종종 그가 이 혼돈스러워 보이는 공간에서 내가 원하는 책들을 찾아내줄 때마다 나는 감탄한다. 하지만 그에게 "아프리카에 관한 책이 읽고 싶어"라고 말하면 안 된다. "파솔리니와 연관해서 아프리카 여행에 관한 글을 써야 하는데 참고로 읽어볼 만한 책을 추천해줘"라고 해야 한다.

이 집의 우선적인 점유자는 사람이 아니라 점점 늘어나는 책과 원고와 자료, 영화필름이며 그 밖의 일상의 사물은 모두 임시이고 부수적이다. 그런 점에서 이 집은 마치 그의 여행가방과도 같다. 예외라고 한다면 덩치가 커다란 두 개의 사기 난로이다. 하나는 초록색이고 하나는 버터색이다. 석탄으로 난방을 하던 시절의 유물이고 라디에이터가 설치된 지금은 사용하지 않는다. 난로의 화덕 안에는 사진과 앨범, 편지 등이 보관되어 있다. 나는 난로를 옷장으로 사용해도 좋을 거라고 생각해본 적이 있다. 그러나 우리는 옷장이 필요할 만큼 많은 옷을 갖고 있지 않다. 사용하지 않는 난로에는 매혹이 있다. 바람이 심하게 부는 밤이면 집 외부로 연결된 난로의 연통에서 휘파람이나 흐느낌 같은 소리가 밤새도록 들려온다.

책상. 내가 처음 왔을 때 이 집에는 이미 책상이 두 개 있었다. 하나는 주로 필름 작업에 사용하는 것이고 다른 하나는 스탠딩 책상인데, 그 위와 아래에도 이미 책이 산을 이루고 있었다. 나는 주방의 작은 식탁을 서가로 옮겼지만 하루도 채 지나지 않아 온갖 우편물과 서점의 팸플릿, 종잇더미와 책으로 점령당했다. 우리는 지난가을 중고 가구 상점에서 마음에 드는 책상을 구입했고, 그것을 서가 창가에 놓았다. 양쪽 가장자리를 날개처럼 펼쳐 넓힐 수 있는 형태의 책상이다. 마침내 나는 책상을 내 세계로 만든다. 그동안 집안 곳곳에 흩어져 있던 내 책과 연필들, 편지들, 서류와 자료들을 책상으로 옮겼다. 읽고 있는 책들과 아직 읽지 않은 책들, 잠시 관심을 갖고는 있으나 어쩌면 영영 읽지 않게 될 책들이 책상 위에 있다. 또한 이미 다 읽은 책들, 그러나 거기 계속 있어야만 하기 때문에 놓인 책들이 있다. 내 글과 물리적으로 가까이 있어야 할 책들이기 때문이다. 책들의 산은 결코 줄어드는 법이 없고 점점 높아지기만 한다. 나는 책상 위에 독서대를 두고 그날그날의 기분에 따라 화집의 한 페이지를 펼쳐놓는 습관이 있는데, 지금 그 자리에는 에드워드 호퍼가 있다. 〈Night Windows〉, 1928년. 호퍼의 그림 위에는 베를린 서가의 주인이 클립으로 작은 사진 한 장을 부착해놓았다. 잡지에서 오려낸 후고 발의 다다이즘 공연 장면이다. 우리는 매일 차를 한 주전자 끓여서 책상 위에 둔다. 그 밖에도 책상 위는 늘 두세 개의 커피잔, 치우지 않은 빵 접시, 연필이 가득찬 컵 두 개, 서가 주인의 필수품인 연필깎이와 가위, 굴러다니는 레몬 반쪽, 카메라 등이 차지한 상태라서 원래의 용도인 글을 쓸 공간은 점점 줄어들고 있다. 식사시간이면 그곳은 자연스럽게 식탁의 용도를 추가한다. 우리는 물건들을 최대한 한쪽으로 밀어내고 밥을 먹는다. 그는 책상에 식탁보를 깔아야 한다고 주장했지만 나는 원래의 아름다운 짙은 밤색을 천으로 덮고 싶지 않았다. 그의 우려대로 얼마 지나지 않아 뜨거운 컵과 쏟아진 음료 등으로 책상에는 얼룩이 생겼다.

베를린 서가의 주인은 날씨가 좋을 때면 손바닥만한 발코니에서 하루의 많은 시간을 보내곤 한다. 집에서 햇살이 최대로 비치는 장소이기 때문이다. 발코니에 작은 정원용 탁자와 소파를 갖다놓고 거기서 글을 쓰고 책을 읽는다. 겨울 내내 그는 두터운 외투와 목도리에 털모자로 무장한 채 노이즈캔슬링

헤드폰을 쓰고 발코니에 앉아 있었다. 그의 고향집에는 놀랍게도 실내가 아니라 집에 딸린 작은 호숫가에 나무판자로 간이 테라스를 만들고 거기에 책상과 벤치를 고정해놓았다. 그는 젊은 시절부터 그 자리에서 글을 썼고, 그것이 그의 글쓰기를 이루게 되었다. 지금도 고향에 머물 때면 여름이나 겨울이나 그 자리에서 한밤의 별들을 올려다보며 글쓰기를 좋아한다. 여름에는 글을 쓰다가 호수에 뛰어들어 수영을 하고 판자 테라스에서 그대로 잠들기도 한다고 했다. 안개가 짙은 어느 날 그는 호숫가에 불을 피운 뒤 불붙은 장작 하나를 들고 물속으로 들어갔다고 했다. 수면에 비치는 불의 그림자를 찍기 위해서였다. 그리고 그는 계속해서 썼다.

언젠가 나는 라디오에서 누군가가 오스트리아 작가인 FM의 집을 묘사하는 말을 들었다. "그곳은 엄청난 혼돈이었죠. 원고와 책이 사방에 가득 쌓여 있었어요. 사실 그녀의 집에는 그랜드피아노가 있었는데, 방문자들 누구도 피아노를 보지 못했을 정도랍니다……"

우리의 베를린 집은 그 정도로 극심하게 해체적이지는 않다. 그랜드피아노를 볼 수 없다는 점은 동일하지만, 우리에게는 정말로 그랜드피아노가 없기 때문이다. 대신 트램펄린이 있다. 그런데 트램펄린을 타기 위해서는 우선 그 위에 쌓인 책더미를 먼저 치워야 한다. 취리히에 있는 R의 집에도 서가 한가운데 그랜드피아노가 있지만 피아노 주변을 둘러싼 삼면의 책장에 반듯하게 꽂힌 책들은 마치 개인 도서관처럼 저자명의 알파벳순으로 정리되어 있다. 우리는 그 집을 방문할 때마다 피아노와 책장 사이의 공간을 마치 박물관에서처럼 이동하며 책들을 구경하곤 했다. 그림들이 걸려 있는 R의 서재는 작은 갤러리와 같은 느낌을 불러일으키기도 했다. 미술평론가이기도 한 R은 화가 친구들이 많았다. 그녀는 우리를 위해 차와 초콜릿을 내왔다. 그녀는 자신에게 온 메일을 출력해 발신자별로 상자에 보관해둔다고 말했다. 가늘고 마른 몸매의 그녀는 대개 우아한 검은색 원피스 차림이고 은발의 머리는 염색하지 않는다. 그녀 서재의 창밖으로는 멀리 호수 건너편 취리히 인근의 산들이 보였다.

작가의 작업실은 그의 글과 어떤 방식으로 연관되어 있을까. 이것은 종종 내 흥미를 자극한다. 우리의 베를린 집은, 우리의 여름 피난처인 정원 오두막은, 우리의 양식은, 물질로서나 영혼으로서나 시민적이지 않다.

내가 공간이 부족하다고 불평하면 그는 책들을 다른 서가로 옮겨보겠노라고 말하지만, 그리 결정적인 도움이 되지는 못할 것이, 그러기 위해서는 다른 서가의 책들을 또다시 어딘가로—아마도 이곳 베를린으로—옮겨야 하기 때문이다. 우리가 할 수 있는 것은 단지 겨울이 완전히 지나가기를, 지하의 얼음이 녹기를 기다리는 것뿐이다. 그러면 우리는 정원 오두막에 머물 수 있기 때문이다. 오두막은 난방시설이 없고 펌프로 지하수를 끌어올려야 하므로 겨울에는 거주가 불가능하다. 펌프는 자주 고장이 나고, 고장나 있을 때가 그렇지 않은 기간보다 더 길다. 보통 매년 부활절 연휴가 끝날 즈음에 오두막으로 들어가고, 한번 오두막에 들어가면 시내에 볼일이 생기지 않는 이상 베를린으로 돌아오지 않는다. 우리는 그곳 정원과 테라스에 최대한 오래 머문다.

하지만 여름 정원의 오두막은 고향집과 더불어 그의 또다른 서가이기도 하다. 어느 해 그는 정원에 관한 책을 모두 모아 오두막 서가로 옮겼다. 어느새 사람들은 그런 종류를 '정원문학'이라는 장르로 부르고 있다. 오두막 책상은 이집트의 신상들로 가득했다. 나는 담배와 수백 자루의 연필과 화집과 책들과 정원용 가위와 장갑과 말라죽은 로더덴드런 가지가 꽂힌 화병과 쥐덫과 양초와 털양말을 옆으로 치우고 글을 썼다. 전염병이 지속되는 긴 시간 동안 그는 테라스에서 그림을 그렸다. 아크릴물감 튜브가 산을 이루었다. 해가 지면 나는 침대에 기어들어가 추리소설을 읽었다. 그늘진 정원은 싸늘했고 우리는 불을 피웠다. 그곳에서 나는 말 그대로 시간이 정지된 것을 체험했다. 오직 빛과 어둠이, 너울대는 불꽃이, 투야나무 울타리 사이로 밀려들어오는 저녁의 기나긴 황혼이 우리를 스쳐지나갔다.

베를린에서, 나는 『연인』을 읽는다. 그리고 예전에는 알아차리지 못했던 디테일을, 주인공이 살던 당시 프랑스령 인도차이나에 페스트가 돌고 있었음을 알게 된다. 그것은 내게 즉시 소설 『베니스에서의 죽음』을 떠올리게 만든다. 그 책 역시 콜레라가 엄습한 베니스를 배경으로 하며 주인공은 콜레라로 갑작스러운 죽음을 맞는다. 하나의 문학작품이 또다른 작품을 연상시키는 방식은 개인의 독서 경험에 기반한 우연이다. 예를 들면 나는 예전에 뒤라스의 소설 『모데라토 칸타빌레』를 읽는 순간 엘프리데 옐리네크의 『욕망』을 떠올렸다. 한 아이의 어머니이기도 한 소설 속의 두 여성이 겹쳐 보였기 때문이다. 두 작품의 언어와 톤이 그토록 다름에도 불구하고. 하나의 작품은 다른 작품이 말하지 않은 것을 이야기하고, 하나의 작품은 다른 작품의 파동을 이룬다. 하나의 작품은 다른 작품의

'내면화하는 읽기'이다. 내용뿐 아니라 언어에서도. 언어뿐 아니라 비언어에서도. 한 소설의 어머니가 아이의 손을 잡고 소설 밖으로 걸어나간 다음 순간, 그녀는 다른 소설 속으로 들어간다. 그리하여 그녀는 자신의 아이를 죽인다.

언젠가 우리가 베를린을 떠난다면.

얼마 전부터 베를린 서가의 주인과 나는 종종 이렇게 시작하는 문장으로 대화를 나눈다. 새로운 법령의 공포로 조만간 여름 정원 오두막에서의 체류가 불확실해질 예정이기 때문이다. 더이상 오두막에서 은둔할 수 없다면, 외부로부터의 시선이 완전히 차단되고 우체부도 방문객도 없는 그곳에서 살 수 없다면, 우리가 베를린에 있어야 할 가장 중요한 이유가 사라지는 셈이다. 은둔할 수 없다면, 집이 아니다. 은둔할 수 없다면, 여행이 아니다. 베를린은 내 인생의 어떤 결정적인 사건이 시작된 도시이다. 내가 그것과 비로소 만난 도시이다. 베를린은 그것을 내게 주었다. 하지만 나는 베를린을 좋아하지 않으며, 언젠가 베를린을 떠날 수 있기를 남몰래 소망한다. 그래서 죽을 때까지 두 번 다시 베를린에 올 일이 없게 되고 마침내 베를린을 영영 잊어도 좋다고 생각한다.

베를린에 두고 온 가방이 있더라도*

베를린에 죽은 자를 두고 왔더라도**

그리고 베를린에서 연인과 재회했다 할지라도.

* Ich hab' noch einen Koffer in Berlin, 마를레네 디트리히의 노래 제목.

** Ich hab noch einen Toten in Berlin, 울프 미헤의 추리소설 제목.

일곱번째
아이

우편함에서 두 권의 책을 발견했다. 뒤라스의 『에밀리 L.Emily L.』 그리고 게르하르트 마이어의 『죽음의 섬Toteninsel』.

부활절 휴가가 시작되었다. 상점들은 문을 닫았고 거리는 순식간에 고요해졌다.

예전에 이 우편함 옆에 사람을 찾는다는 내용의 종이가 붙어 있었던 것을 기억한다. '일 년 전 이 집에서 살다가 사망한 ××씨에 대해 말해주실 분을 찾습니다. 어떤 내용이라도 상관없음.' 나는 여기서 언급된 ××씨를 당연히 알지 못하고, 그가 혼자 살았으며 어느 해 장기간 캄보디아 여행을 다녀온 직후 베를린에서 교통사고를 당했다는 것을 베를린 서가의 주인으로부터 들었을 뿐이다. 대신 나는 지난여름 정원 오두막에서 꽃을 따서 직접 만든 엘더베리꽃 시럽을 떠올린다. 시럽을 만들기 위해 우리는 마을의 창고형 벼룩시장에서 뚜껑이 달린 오지항아리를 샀다. 황갈색으로 표면이 거칠고 푸른색 문양이 들어간 항아리였다. 엘더베리의 꽃과 설탕, 레몬을 넣고 뚜껑을 덮어 열흘 정도 둔 다음에 체에 걸러주면 된다. 한여름 오후, 벌들이 잉잉거리는 정원, 꿀빛 햇살, 치즈를 올린 빵 한 쪽, 엘더베리꽃 시럽 주스. 그토록 찬란한 여름날, 아무런 말도 없는. 아무런 기록도 없는.

내가 뒤라스를 읽고 있다고 하자 여행중인 베를린 서가의 주인은 책 두 권을 소포로 보내왔다. 고향집 서가에서 뒤라스 몇 권과 내가 좋아할 만한 책들을 발견했고, 그중 두 권을 미리 보낸다고 그는 편지에 썼다. 책들은 낡은 종이 특유의 노랗게 바랜 기색이 완연했다. 시간에 의해 엷게 닳아버린 듯한 페이지들. 헌책방의 책들에서 언제나 발견되는 오래 묵은 냄새와 색채. 그러나 누군가 펼쳐본 흔적이나 구겨진 자국은 전혀 없이 깨끗한 상태였다. 그가 뒤라스를 읽지는 않았으리라고 나는 짐작한다. 하지만 그는 나와 달리 책을 무척 소중하게 다루는 것도 사실이다. 단지 속표지에 종종 편지를 써놓을 뿐. 그에 반해 내가 읽은 책들은 순식간에 처참한 형태로 변해버릴 때가 많다. 연필로 밑줄을 그으며 읽는 습관, 책 사이에 연필을 끼워두는 습관, 침대에 누운 채 메모를 하는 습관, 읽다가 뭔가가 떠오르면 침대에서 글을 쓰기도 하는 습관, 그러다가 베개 밑에 넣고 잠드는 습관, 커피를 흘리거나 욕조에서 읽다가 책을 젖게 하는 등의 부주의가 원인이다. 나는 책에 애정이 없는가? 그렇지는 않다고 생각한다. 하지만 내 책상의 책들은 대개 표지가 누렇게 변하고 우그러진 상태이다. 한번은 천으로 장정한 하이네 뮐러의 하드커버 책을 욕조에 빠뜨리는 바람에 완전히 망가뜨린 적도 있다. 베를린 서가의 주인은 그 책을 친구 부부에게 보여주었고 친구 부부는 그 자리에서 쓰러질 듯이 경악했다. 아마 책이 생명체였다면 그들은 나를 잔인하다고 여겼을 것이다. 나중에 정원 오두막 서가에서 똑같은 하드커버 책을 발견한 나는 깜짝 놀랐다. 그는 상당수의 책들을 두 권 이상 갖고 있는 사람이기도 하다. 특별한 이유는 없다고 했다.

언젠가 R은 내게 '우아함'에 대한 생각을 짧게 써달라고 부탁해왔다. 그녀는 우아함을 테마로 책을 쓰고 있으며, 작가들이 생각하는 각자의 우아함에 대해 듣고 싶다고 했다. 그때 처음 떠오른 생각은 나는 결코 우아하지 않다는 것이었다. 나는 교회와 먼 만큼, 미래와 먼 만큼 우아함과 멀다. 왜냐하면 내게 작가들의 우아함이란 곧 그들이 책을 다루는 방식이었기 때문이다. 다른 무엇보다도 잘 보관된 오래된 책들은 내게 우아함을 연상시키는 사물이다. 얼마 전 나는 베를린 서가의 주인으로부터 아주 낡은 책 네 권을 받았는데 놀랍게도 모두 서로 다른 종류의 성서였다. 1912년판 마르틴 루터 번역본, 역시 루터 번역본으로 1978년 동독 라이프치히 출간본, 1981년 취리히에서 출간된 네 개 언어—라틴어, 그리스어, 영어, 독일어—비교본, 그리고 1976년 출간된 마르틴 부버 번역의 모세오경. 이 책들은 그의 고향집 어린 시절의 서가에서 가져온 것이었다. 20세기 전반까지도 인쇄에 활용되던 독일어 프락투어 서체는 알아보기 힘들뿐더러 작은 활자가 페이지 전체를 너무도 빼곡하게 채우고 있다. 베를린 서가 주인의 설명에 따르면 종이가 그만큼 귀했기 때문이라고 한다. 과거의 독서광은 그런 촘촘한 인쇄물을 촛불 아래서 읽었다고 한다. 그 시절 거실에서 친구나 가족들에게 한 사람이 책을 낭독해주는 모임이 활발했던 것은 이유가 있다. 우리가 헌책방에서 가장 최근에 산 책은 로볼트 출판사의 『연극백과사전』(1986)이다. 나는 그 책을 펼쳐보다가 놀라운 사실을 발견했다. 가장 최근의 작품에서 나는 '게릴라 연극'이란 형태의 연극을 상상해서 소설 내용에 포함시켰는데, 『연극백과사전』에 의하면 실제로 한때 그런 명칭의 연극이 존재했다는 것이다. '게릴라 연극(G.T.): 월남전 당시 베트남 인민해방전쟁의 일환으로 미국에서 생겨난 급진적 형태의 정치-거리극.'

R의 책 『우아함』을 나는 한국의 작업실에 두고 온 것 같다. 베를린 서가 주인과 마찬가지로, 내 책들 또한 점차 여러 장소로, 각각 다른 대륙으로 흩어지고 있다는 느낌이 든다. 처음에 나는 그것에 저항했으나 이제는 생각이 바뀌었다. 내 서가는 우아하지도 단정하지도 않다. 나는 닥치는 대로 쌓아두었고, 공간이 부족하면 닥치는 대로 내다버리기를 반복했다. 나는 종종 내 책장의 책들을 모조리 없애버리고 싶은 충동을 느끼곤 했다. 만약 내게 충분한 시간이, 오직 진공으로 이루어진 하루가 주어진다면 분명 그렇게 했을 것이다. 책에 대한 내 태도는 우아함이 아니라 강박에 가까웠고 나는 익명의 책들을 참을 수 없었다. 나는 내 서가가 도서관이나 책방이 아닌 은자의 섬이 되기를 원했다. 텅 빈 해변, 하나의 발자국, 한 그루의 야자나무. 그 책들은 영원히 무인도에서 은둔할 자가 가방에 넣고 갈 책이어야만 했다. 은자는 그 책을 반복해서 읽어야만 했다. 그러나 이제는 바뀌었다. 내 책들과 마찬가지로 나 역시 먼 곳으로 조금씩 흩어지고 있다는 생각이 든다.

『에밀리 L.』을 들고 공원으로 산책을 갔다. 그리고 벤치에 앉아 앞부분을 읽었다. 봄 햇살이 넘치는 공원은 연둣빛이다. 가족 단위의 산책객들이 많았다. 첫 장면부터 『에밀리 L.』은 형식의 측면에서 내게 빔 벤더스의 영화 〈아란후에스의 아름다운 시절〉을 연상시켰다. 그 영화는 페터 한트케의 동명의 작품을 토대로 만들어졌으며(부제는 '서머 다이얼로그summer dialogue'), 대사는 없는 역이지만 한트케가 직접 출연하기도 했다. 여름 정원 퍼걸러pergola 아래에 앉아 대화를 나누는 두 주인공들의 배경에 사다리를 둘러메고 걸어가는 푸른 정원사 복장의 뒷모습으로. 그리고 글쓰는 자—작가—가 있다. 그 작품을 "올해의 가장 지루한 영화"라고 평가한 것을 어디에선가 본 듯하다. 물론 역설적 효과를 노린 표현일 테지만 완전히 틀렸다고 할 수도 없다. 하지만 그 작품이 내가 좋아하는 형식을 갖고 있고 그런 점에서 흥미로웠던 것 또한 사실이다.

눈부신 여름날, 한 여자와 한 남자. 기나긴 대화. 자기 자신을 향한 침묵과 관찰로 이루어진. 대화이자 독백. 센강 하구가 내려다보이는 해변의 카페, 마치 무대와 같은 고정된 공간, 하나의 장소에서 일어나는 이야기, 이인극이며 대화극. 그러나 동시에 모놀로그인. 죽음과 공포가 언어로 표현된다. 그것은 "두려움과 함께 시작되었다." 고통은 뒤라스의 아름다움이다.

그리고 사랑. 여기에 글쓰는 자—작가—가 있다.

나는 플롯에 대해서 많이 생각하는데, 그건 내가 플롯을 해체하는 글쓰기를 원하기 때문이다. 나의 이런 생각을 아는 베를린 서가의 주인은 스위스 작가 게르하르트 마이어를 추천했다. "적어도 우리 둘은, 그로부터 배울 것이 있어" 하고 그는 말했다. 플롯의 외부에서 쓰는 작가들을 나는 좋아한다. FM은 내가 가장 사랑하는 예이다. FM이 끊임없이 거트루드 스타인을 읽듯이 나는 항상 FM을 읽는다. 나는 책을 읽는 속도가 매우 느린 편인데, FM을 읽을 때 가장 느려진다. 나는 FM의 글을 가장 느리게 읽고, 가장 빠르게 잊는다. FM의 문장은 형체가 없으므로 간직하는 일은 불가능하기 때문이다. FM의 글은 플롯이나 형식이 없이 파편으로 이루어지기 때문이다. 그것은 실시간으로 분절되는, 끊임없이 미끄러지는 실체이다. 내가 그녀의 책을 읽는 방식은 물리적으로 읽거나 읽지 않는 모든 상태를 포함한다. 이미 읽었다는 사실을 알지 못한 채 자꾸만 같은 페이지를 되풀이해서 읽게 될까봐 무의식적으로 모든 문장에 연필로 밑줄을 그으면서, 하지만 읽은 것으로부터 빠르게 빠져나오는 방식으로 사로잡히면서. 어떤 문장은 읽기를 통해 불현듯 무한대로 확장되었고, 마치 거대한 날개에 실린 듯, 나는 읽는다는 사실을 거의 의식하지 못하는, 심지어

망각하는 읽기를 계속한다. 어휘들의 래디컬한 배치. 혁명과 형이상학. 문장과 어휘 단위의 해체. 사랑의 해체. 만약 누군가 그녀의 글에 대해 묻는다면 전혀 당황하지 않고 사분의 삼 만큼의 미소를 지으며, "그것은 내 가장 깊은 곳을 건드리고 깨어나게 했어, 하지만 구체적인 내용이나 문장을 묻는 거라면, 나는 전혀 기억나지 않아"라고 대답하리라.

FM의 책들이 어지럽게 흩어져 있는 장소, 그곳이 곧 내 공간이다. 그 어떤 문장도 읽은 후에 온전한 형태로 남아 있지 않게 하는 글. 오직 언어를 통해 재구성된 세계의 황홀한 감각만이 있을 뿐. 그렇다, 나는 FM의 글을 통해 매우 독특한 읽기를 새로이 경험하게 되었다. 한 권의 책을 끝까지 읽는 것은 무의미하다. 그것은 언제나 새로이 반복되는 행위이기 때문이다. 나는 이미 읽은 페이지를, 문장과 단락을 되풀이해서 읽으며, 매번 그것을 다른 글로 받아들인다. 한 권의 책을 이해한다는 것은 무의미하다. 책의 마지막 페이지를 닫는 순간 나는 그 책에 담긴 모든 것을 잊기 때문이다.

처음부터 다시 읽기 위하여.

나는 벤치에 앉아 『에밀리 L.』을 계속해서 읽는다.

베를린 서가의 주인은 종종 내게 무엇에 대해 쓰고 있는지 묻는다. 과거의 나는 이런 질문을 받으면 매우 당황했고 끝내 적절한 대답을 찾을 수 없었다. 예전에 택시를 탄 내게 운전기사가 무슨 일을 하느냐고 물었고, 소설가라는 말을 듣더니 대뜸 경쾌한 어조로: "소설가라고요? 어떤 소설을 쓰나요? 추리소설, 연애소설, 아니면 역사소설? 참고로 내 아내는 연애소설 팬이랍니다." 나는 그가 그토록 손쉽고도 명확하게 소설의 종류를 구분하는 것에 감탄했다. 그래서 나는 완전히 들어맞지는 않지만, 그중에서 고른다면 아마도 추리소설을 쓰는 것 같다고 대답했다. 실제로 나는 나중에 제발트의 책에서 비슷한 장면을 발견한다. 무엇을 쓰고 있느냐는 호텔 여주인의 질문에 그가 추리소설을 쓴다고 대답한 것이다(그가 쓰고 있던 책에는 과거 미제 살인사건에 관한 이야기가 짧게 등장한다).

나는 베를린 서가의 주인에게 아마도 나는 추리소설을 쓰고 있다고, 그런데 살인사건은 일어나지 않고 탐정도 나오지 않는다고 대답했다. 그러자 그가 말했다. 그러나 뭔가를 찾는 사람들이 나오겠지. 그게 범인이 아니라 할지라도. 그들이 탐정이나 형사가 아니라 할지라도.

어쩌면 그 말이 맞는지도 모른다.

추리소설은 플롯에 매우 충실한 장르일 텐데, 바로 그런 점 때문에 플롯 해체자인 내 주의를 끌었다. 하지만 패턴화된 플롯과 전형적인 주인공들이 만들어내는 클리셰는 좋아하지 않는다. 베를린 서가의 주인은 예나 지금이나 추리소설 애독자이고 심농과 레이먼드 챈들러를 좋아한다. 그가 추리소설의 클리셰를 어떻게 극복하는지 궁금하여 물어보니, 자신은 플롯과 언어, 특히 대사를 중시한다고 했다. 추리소설의 대사 구현 방식이 라디오극이나 희곡을 쓸 때 도움이 된다는 것이다. 마치 필름누아르를 연상시키는 대사들. 짧고 함축적이고 암시적인. 그러나 나는 비밀의 문 안쪽을 향해 스쳐지나가는 시선을 선호한다. 그런 순간의 언어적 확장을 선호한다. 우리에게 뭔가를 불러일으키고, 긴 하루의 서막을 알리지만, 비밀에 관해서는 아무것도 설명해주지 않는 시선.

게르하르트 마이어의 『눈의 발라드Die Ballade vom Schneien』를 읽으면서 나는 평소처럼 서가 어딘가에서 손에 잡히는 대로 찾아낸 엽서를 북마크로 사용하고 있었는데, 어느 날 무심코 살펴본 그 엽서의 수신인이 다름 아닌—베를린 서가의 주인 이름과 함께이긴 하지만—내 이름인 것을 발견하고 깜짝 놀랐다. 엽서는 수동 타자기로 타이핑되어 있었으므로 나는 늘 그렇듯 이 또한 나와 무관하게 이 집에 속한 아주 오래된 사물로만 여겼던 것이다. 엽서는 가장 윗줄에 II 표시가 되어 있었고 보낸 사람의 이름은 나와 있지 않았다. 엽서의 그림은 시토회 봉쇄 수도원이었던 친나 수도원 교회의 흑백사진이었다. 나는 엽서의 내용을 읽기 시작했다. 그것은 아마도 엽서 I에 이어지는 내용 같았다. "……언젠가 이곳 토마스 교회에서는 '내 주는 강한 성이요'…… 노래가 울려퍼졌고, 바깥 광장에서는 FW가 손풍금을 연주하고 있었습니다. 렌츠처럼 '산 너머'로 가버리지는 말기를. 항상 곁에 머물기를." FW는 우리가 아는 멋진 배우이자 친구이다. 지금 그는 독일을 영영 떠났다. 누군가, 나를, 내 이름을 알고 있는 어떤 사람이, 아마도 시인이 분명한 사람이 베를린 인근의 수도원 마을을 방문하고 두 장의 엽서에 이어지는 글을 타이핑했다. 그리고 엽서에 순서대로 I과 II라고 표기한 후 각각 우표를 붙여 우체통에 넣었다. 그러나 첫번째 엽서는 무슨 이유에서인지 도중에 분실되어버렸고, 두번째 엽서만이 수신자의 우편함에 도착했다. 그는 자신의 이름을 첫번째 엽서에만 남겼으므로 받은 사람은 그것이 누구로부터 온 엽서인지 알 길이 없다. 아마도 베를린 서가의 주인은 이 엽서를 누가 보냈는지 짐작하는 바가 있겠지만, 나는 묻지 않기로 한다. 대신 이 집에 속한 이 아름다운 사물을, 나는 말없이 징수한다.

그리고 집으로 돌아오는 길. 4월. 짙푸른 하늘과 흰 구름. 비수보다 아프게 가슴을 찌르는 연둣빛 나무들의 어린 새순. 검은색 지빠귀 한 마리. 나는 나무에 관한 브레히트의 시와, 브레히트에 관한 FM의 글을 떠올린다.

*"나무에 대해서 말하는 것이 마치 범죄나 다름없게 되어버린 이 암흑의 시대. 오직 우연으로 살아남은 나는 밥벌이를 한다…… 먹고 마신다."**

*"베르톨트 브레히트가 쓴, 흰 구름과 일곱번째 아이가 나오는 시는 가장 아름다운 독일 시 중 하나일 것이다. 그 아이만 생각하면 한없이 눈물이 났다. 어느 날 흰 구름이 있었고, 그가 들판에서 한 여자와 동침하는 동안 구름은 흩어져 사라져 버렸으며, 한 남자가 달에 발을 디뎠던 날 나는 들판에서 한 남자와 잠을 잤고, 남자의 가슴은 부드러운 리넨 천에 싸였으며, 남자의 입에서는 여리디여린 풀잎 하나가"***

* 베르톨트 브레히트의 시 「후세에게An die Nachgeborenen」에서 변형 인용.

** 프리데리케 마이뢰커, 『내가 아침에 이끼의 녹색으로. 창가로 다가갈 때da ich morgens und moosgrün. Ans Fenster trete』, Bibliothek Suhrkamp, 2020, p.11.

나는 나무에 대해서 말하지 않지만, 언젠가 말하게 될 것이다. 정원 오두막에는 우리가 사랑하는 마가목이 있고 가을이면 윤기나는 붉은 열매가 열릴 것이므로. 테라스 앞의 로더덴드런은 이제 곧 화려한 꽃을 피워낼 것이므로. 나무에 대해 말하는 것은 항상 범죄나 마찬가지인데, 마치 사랑에 대한 말처럼, 이미 너무 많이 그것에 대해 말해졌기 때문이다. 그럼에도 불구하고 말해질 수밖에 없기 때문이다. 그와 별개로, 우리는 눈을 감으면 언제나 사랑과 암흑을 본다. 내가 일곱번째 아이를 낳지 않은 것은 오직 우연이라고, 나는 말한다. 혹은, 한 남자가 달에 발을 디뎠던 그날 흑백텔레비전 앞에 모여앉은 가족들을 등지고 아무도 모르게 집밖으로 걸어나갔던 내가 바로 일곱번째 아이였던 것일까. 내가 최초로 당신에게 발을 디뎠던 그날. 브레히트, 마리 A.에 대한 기억.

낙엽을 헤치며 걷는 사람

5월의 정원은 잊게 만든다. 우리는 잊는다. 말과 우리 자신을. 세상으로부터의 근심과 고통을. 우리 앞에는 치즈를 올린 호밀빵 한 조각과 오렌지 한 알. 잎이 무성해진 나무 사이로 비치는 햇살은 오두막의 벽과 유리창, 테라스 그리고 우리의 얼굴 위에 그물처럼 어지럽게 흔들리는 그림자를 드리운다. 그림자는 짙은 초록이며 어두운 보랏빛이다. 나른하게 내려앉은 대기 속에서 새들이 끊임없이 지저귄다. 수분을 머금은 공기는 흙과 꽃과 풀 들의 향기로 숨막히면서 무겁다. 하루종일 빛과 그림자가 우리의 발길을 따라 일렁인다. 우리는 거의 대화를 나누지 않는다. 우리는 서로 읽거나 쓰는 척하고 있지만,

사실은 거의 아무것도 하지 않는다. 정원은 아무것도 하지 않는 데 가장 적절한 장소이다. 잠시 동안 빛이 넘실대는 정원을 내다보고 있었을 뿐인데, 어느새 우리는 밤의 정원에 있다. 밤새도록 나이팅게일이 운다. 잠 속에서도 꿈속에서도 나는 그 소리를 듣는다. 잠시 동안 나이팅게일의 소리를 듣고 있었을 뿐인데, 어느새 우리는 수많은 세월을 늙어버린 다음일 것이다. 그것이 환희라면.

커다란 로더덴드런나무는 아직 꽃이 피지 않았지만 정원 가득히 이빨 같은 꽃잎을 가진 민들레와 미나리아재비 종류의 노란색 들꽃이 피어났다. 바닥에 깔린 짙은 녹색의 덩굴식물은 한겨울에도 윤기나는 싱싱한 초록을 유지한다. 바닥 전체를 뒤덮은 덩굴은 참나무 줄기를 타고 올라간다. 6월이 되면 덤불 뒤 숨겨진 자리에서 고운 장미가 자태를 드러낼 것이다. 심고 가꾸지 않는 우리의 정원은 자신의 의지대로 자라고 번성한다. 테라스에서 아침식사를 하는 우리의 눈앞에서, 환하게 반짝이는 녹색의 빗줄기가 햇빛 속에서 미친듯이 떨어지는 것이 보인다. 아니, 떨어지는 것은 빗방울이 아닌 나무의 씨방이다. 단풍나무, 참나무, 너도밤나무, 보리수나무, 버드나무와 자작나무. 천천히 허공에 날리는 이파리나 꽃잎과 달리, 연둣빛 씨방은 화살처럼 빠르게 약간의 경사를 이루며 대지를 향해 낙하한다. 빛이 스스로 대기에 녹색 음영의 사선을 긋는다. 처마에 매달아둔 새집의 입구에 커다란 거미가 거미줄을 쳤다. 아마도 거미는 이 집에서 개체수가 가장 많은 종일 것이다. 정원 오두막에는 거미뿐 아니라 다양한 곤충들이 함께 살지만 지네나 뱀은 보이지 않는 것을 나는 다행스럽게 여긴다. 거미줄에 매달린 커다란 물방울들이 무지갯빛으로 반짝인다. 정원 가운데 불쏘시개로 쓰려고 모아둔 나뭇가지 더미 위에서 노란색 부리의 검은지빠귀가 부지런히 가지를 고르는 중이다. 지빠귀는 우리가 있어도 조금도 개의치 않는다. 지난가을 정원을 미친듯이 바쁘게 쏘다니던 다람쥐 한 쌍은 보이지 않는다.

봄이 돌아오고, 겨울 동안 비워둔 정원을 처음 찾는 일은 가슴 두근거리는 경험이다. 우리의 정원은 높고 빽빽한 투야나무 울타리로 둘러싸여 외부에서 전혀 보이지 않는 구조이다. 작년에 이곳을 처음 찾은 전기 기술자는 끝내 오두막을 발견하지 못했다. 풍부한 햇빛을 받기에는 불리하지만 우리만의 고요를 지키는 데는 유리하다. 울타리를 통과하기 위해서는 허리를 깊이 수그려야만 한다. 짙은 울타리에 가려 작은 나무문은 보이지 않는다. 올해 이른봄 오두막을 처음 찾았을 때, 울타리를 통과한 우리의 눈앞에는 놀랍게도 보랏빛 꽃들이 만발한 정원이 펼쳐졌다. 설강화보다 더 커다란 꽃송이를 가진 그것은 크로커스였을까. 나는 이처럼 이른봄에 정원을 찾은 일이 처음이었기 때문에 눈과 얼음이 아직 사라지지 않은 차가운 대지에 솟아난 꽃들의 장관을 이전에는 전혀 상상할 수 없었다. 아무것도 심지 않고 아무것도 가꾸지 않았던 우리는 기적을 마주친 사람처럼 한동안 움직일 수가 없었다. 누구인가, 이 숨겨진 정원에 낙원의 씨앗을 뿌려둔 이는. 그것은 저절로 탄생하고 저절로 사라지는 생명이었지 우리에게 주어진 선물은 아니었다. 우리는 우연히 지나치던 행복한 나그네에 불과했다.

그러다 여름이 다가와 긴 폭우가 한 번 쏟아지고 나면 정원은 확연히 광폭하게 변했고 이빨을 드러냈다. 그러면 더이상 나이팅게일이 울던 향기롭고 은은한 5월 밤의 정원이 아니다. 무섭도록 무성해진 덤불들이 저마다 작은 정글을 이루며 온몸으로 거대한 습기를 내뿜는다. 조금이라도 방심하면 오두막으로 출입할 통로조차 나날이 무섭게 자라난 짙은 초록의 거친 잎과 가지, 이름 모를 벌레들로 폐쇄되어버릴 듯하고, 나는 모기와 풀벌레에 물린 피부를 쉴새없이 긁어대야만 한다. 정원은 내 고통에 기뻐하는 듯이 보인다. 야생 식물의 생명력은 놀라웠다. 우리가 키워보려고 한때 미약하게나마—우리는 둘다 서로 매우 다른 방식으로 게으른 편이다—노력했던 감자나 토마토 등이 얼마나 쉽사리 죽어버렸는가를 생각하면, 나는 식물이 의지를 갖지 않는다는 것을 믿을 수 없다. 종은 끊임없이 싸우고 있었고, 승리하는 쪽은 항상 야생이었다. 농업은 인간의 개입에 불과했다.

이웃 오두막의 주인들은 여름 내내 부지런히 풀을 깎아댄다. 그들의 정원은 우리 정원에 비하면 골프장처럼 말쑥하다. 최대의 빛을 받기 위해 그들의 정원은 환하게 오픈된 형태이다. 그러나 우리는 하루종일 테라스라는 방주에 앉아 야생이 번성하는 여름의 정원을 내려다보았다. "비가 그치면 풀을 한번쯤 깎아주어야겠어, 발을 디딜 땅이 보이지 않아." 그런 대화를 나누며. 정원 일을 아무것도 하지 않는다 해도, 여름에 풀을 깎아주는 일과 가을에 두텁게 쌓인 낙엽을 치우는 일만은 피할 수 없다. 안 그러면 정원을 걸어다니기가 불가능해지기 때문이다. 하지만 우리는 그 일을 최소화하려고 한다.

비가 오면 테라스 곳곳에 양동이를 세워둔다. 테라스 지붕의 낡은 방수천을 걷어내버린 뒤로 지붕에서 종종 비가 샜기 때문이다. 오두막 침실 천장의 빗물 얼룩이 점점 커졌다. 우리는 방수용 송진을 사서 지붕에 몇 겹이나 칠했으나 폭우가 쏟아지면 크게 효과는 없을 것 같았다. 그래도 침실의 빗물 얼룩은 더이상 커지지 않고 물도 새지 않았다. 펌프가 작동되지 않을 때를 대비해서 우리는 커다란 빗물받이 물통을 처마 밑에 세워두고 떨어지는 빗물을 받았다. 한번은 지붕에서 나무로 점프하던 다람쥐가 물통에 빠져서 허우적대고 있었다. 나무판자를 받쳐주니 놀라운 속도로 판자를 딛고 사라졌다. 하지만 작년 여름 빗물받이통에서 번식한 모기 때문에 고생한 우리는 비가 올 때를 제외하고는 통을 비워버리기로 한다.

비가 내릴 거라는 소식을 들으면 나는 두근거린다. 정원에 비가 내리는 소리는 아무리 들어도 싫증나지 않는다. 지붕과 나뭇잎, 흙과 바위에 떨어지는 빗방울들은 저마다 다른 음색을 갖는다. 젖은 가지들이 부딪히며 흔들리고 낡은 문틀은 삐걱대고 유리창은 저절로 부르르 떤다. 모든 것이 새로운 심장을 갖는다. 모든 것이 새로운 음악이다. 폭우가 몰아칠 때면 정원 전체가 회색 파도에 실려 넘실대고, 뱀의 몸을 가진 세이렌들이 나무와 덤불과 한몸으로 어울려 어두운 녹색 머리칼을 펄럭이며 미친 노래를 부른다. 간혹 거센 바람이 오두막 전체를 무너뜨릴 듯이 뒤흔들며 지나가는 태풍의 밤, 잠에서 깬 나는 불빛 하나 보이지 않는 암흑의 들판 너머를 응시한다. 번개가 번쩍이자 들판 너머 교회의 탑이 번갯불에 드러난다. 커다란 참나무 가지가 바람에 부러지며 굉음과 함께 지붕에 떨어진다. 우리는 잠들지 못한다. 만약 태풍에 나무가 통째로 지붕 위로 쓰러진다면 오두막은 곧장 무너질 것이다. 그러나 다음 날 아침, 놀라워라, 물방울이 진주알처럼 매달린 테라스의 거미줄 사이로 무지갯빛 영롱한 햇살이 비친다. 물기 가득 머금은 초록은 더더욱 짙고 정원은 살아 꿈틀거리는 것들로 넘친다. 정원의 호흡이 느껴진다. 풀들은 밤사이 몰라보게 무성해졌으며 나무들은 사방에 부러진 가지들을 가득 떨구어놓았다. 빛과 이끼가 그 위로 덮인다.

5월의 정원은 누구나 사랑할 수밖에 없는 꿈이다. 한여름의 정원은 어떤 격렬함의 구현이다. 그러나 가장 신비한 것은 겨울의 정원이라고 나는 말한다. 겨울의 정원을 책으로 비유한다면 '모든 이를 위한 것은 아닌not for everyone' 그런 작품이라고 할 수 있다.

나는 겨울 정원의 풍경을 안다. 전염병의 첫해에 우리는 처음으로 오두막에서 함께 겨울의 대부분을 보냈기 때문이다. 그전에는 여기서 겨울을 지낸다는 것은 내게는 상상할 수 없는 일이었다. 추위도 추위지만 물이 얼어버리면 그 순간부터 이듬해 봄까지 펌프가 작동하지 않는다. 우리는 집안에 쥐가 들어오지 않도록 늘 주의하지만, 특히 기온이 낮고 먹이활동이 어려운 겨울에는 더욱 조심해야 한다. 긴 겨울을 지난 후에는 부엌에서 생쥐의 흔적이 발견되곤 했다. 오두막 벽 어딘가에 작은 틈새가 있을 것이다. 생쥐는 심각한 병균을 옮기지 않는다는 말을 들었지만 그래도 걱정스러웠다. 작년에 우리는 부엌에서 새끼손가락만한 죽은 생쥐 몇 마리를 발견했고, 이후 생쥐들은 다시 오지 않았다. 늦가을부터는 인근의 농가 상점뿐 아니라 카페도 식당도 문을 닫고 이웃의 여름 정원 주인들도 도시로 가버린다. 주말에도 호숫가가 한산하다면, 그것은 겨울이 시작된다는 신호이다. 많은 이들이 떠나버린 마을 전체는 인적 없이 스산해진다. 창문마다 모두 덧창이 내려진 긴 거리를 걸으면 기묘한 기분이 든다. 게다가 눈이 내리면 오두막 지붕에 문제가 생길지도 모른다. 오두막은 낡았고 점점 더 낡고 있는 중이다. 집 앞 자동차 진입로는 흙길이어서 눈이 내려 땅이 질척해지면 바퀴가 빠지는 사고가 발생할 수 있다. 정원의 기온은 바깥보다 더 낮았다. 결정적으로 오두막은 실내에 불을 피울 수 없는 구조이다. 우리는 테라스에 늘 불을 피우지만 그것으로는 충분하지 않다. 흙이 피워올리는 땅의 냉기는 얼마나 싸늘한지. 한적한 호숫가 시골 마을의 추위는 도시의 추위와는 성질이 달랐다. 겨울이 깊어지면 인근 호수는 한가운데까지 얼어붙는다. 우리가 늘 산책을 하는 낙엽송 숲은 잎을 잃어버리고 앙상해진다. 남은 것은 알몸의 쓸쓸함. 남은 것은 텅 비어버린 풍경. 베를린 서가의 주인은 어느 해 겨울 내내 오두막에서 홀로 머물렀다고 했다. 그 겨울, 얼어붙은 땅에서 올라온 냉기가 온몸을 파고들던 밤은 길고도 길었다. 소파에 앉은 그는 두꺼운 털양말과 실내화를 신었음에도 불구하고 엄청나게 큰 판형과 두툼함으로 유명한 아르노 슈미트의 책 『체텔스 트라움Zettels Traum』을 발받침 대용으로 딛고 있어야 했다고 한다. 그러나 우리는 오직 글과 함께 머물 장소를 간절히 원했다. 이미 가을이 깊었고 우리는 오두막에서 겨울을 나는 모험을 해보기로 했다. 나는 한국행 비행기표를 취소했다. 우리는 모든 것이 떠나는 늦가을 11월의 마지막 주에도 정원을 떠나지 않았다.

그리하여 지금 나는 11월에 대해 말한다. 그 당시 내가 누군가에게 편지를 썼다면, 그게 누구이든 상관없이, 나는 그 편지를 '11월은 황홀했다'라는 문장으로 시작했을 것이다.

11월은 황홀했다.

오후. 낮은 태양은 들판 위로 마지막 빛을 길게 드리우고 황혼의 색채들이 천지에 가득했다. 하지만 빛은 빠른 속도로 줄어들었다. 하루는 곧 어둠과 그늘을 향해 기울었다. 투야나무 울타리 사이로 석양빛을 머금은 노란 태양이 커다랗게 번득이며 밀려들었다. 창을 통해 들어온 그 빛은 오두막 안쪽의 흰 벽에, 호두빛 서랍장 위에 움직이는 빛덩이로 일렁였다. 이제 하루는 믿을 수 없을 만큼 짧아졌다. 모든 것은 경사를 이루며 기울어졌다. 우리는 점심식사를 마친 후 서둘러 호숫가 산책을 나섰지만 돌아갈 무렵 이미 밤의 숲속을 헤매고 있었다. 검은 거울과 같은 호수의 수면이 반짝이며 가만히 일렁였다. 가을이 깊어갈수록 호수의 수위가 높아진다는 느낌을 받았다. 물이 부풀어오른다. 호숫가 비탈의 산책로 가장자리로 물이 찰랑인다. 우리가 여름에 수영을 했던 자리에는 검은색 물닭이 앉아 있다가 우리가 다가가니 기묘한 소리를 내며 물속으로 헤엄쳐갔다. 여름에 우리는 이곳에서 오색의 영롱한 띠무늬를 가진 물뱀을 보았었다. 수면에 비친 갈대의 그림자는 물의 움직임에 따라 길쭉하게 휘어지며 고대의 글자를 만들어냈다. 우리는 숲에서 어린아이를 데려온 가족과 마주쳤다. 그들은 숲 가운데의 넓은 빈터에서 작은 모닥불을 피우고 피크닉을 하고 있었다. 해가 지자 숲에는 어둠이 빠르게 깔렸다. 숲 산책로, 개 짖는 소리와 함께 가물거리는 자전거의 불빛이 멀어지고 있었다. 그날 우리는 숲속에서 길을 잃었다. 어두운데다가 숲 전체에 낙엽이 두텁게 깔려 우리가 늘 다니던 작은 샛길을 놓쳐버린 것이다.

늦가을 숲에서는 모든 소리가 더욱 크게 울렸다. 빛 없는 밤, 숲 여기저기서 마지막 너도밤나무 이파리들이 예고도 없이 무겁게 뚝뚝 떨어져내리는 소리가 커다랗게 들렸다. 우리의 등뒤에서 나뭇가지들이 저절로 부러졌다. 아니 그것은 우리를 따라오는 우리 자신의 발소리였을까. 바로 곁 덤불에서 커다란 새 두 마리가 갑작스럽게 날개를 퍼덕이며 날아갔고, 그 소리가 숲 전체에 천둥처럼 메아리치며 울렸다. 우리는 숲을 빠져나오지 못하고 같은 자리를 빙빙 돌았다. 쓰러진 통나무나 나무뿌리에 걸려 넘어지지 않기 위해 우리는 낙엽 깔린 미끈미끈한 땅을 조심스럽게 디뎠다. 밤의 숲은 마법을 걸었다. 숲에는 눈동자가 있었다. 축 늘어진 덩굴처럼 보이는 것은 나무에 매달린 낯선 손이었다. 어둠 속에서 우리가 서로 떨어지게 될 것이 두려웠다. 그러면 길 잃은 자는 밤새도록 같은 자리를 맴돌게 되리라. 정원 오두막의 서가에는 『낙엽을 헤치며 걷는 사람Wer durchs Laub geht』이라는 책이 있고, 자신은 그 제목이 마음에 든다고 베를린 서가의 주인이 말했다. 그는 종종 단지 제목 때문에 책에 사로잡히고, 자신을 사로잡은 제목에 대해서 즐겨 이야기하곤 했다. 마침내 멀리서 깜박이듯 작은 불빛이 보였다. 우리는 '낙엽을 헤치며', 그곳을 향해 걸어갔고, 작은 호텔을 발견했다. 호텔의 이름은 '숲호텔'

이었다. 이 마을 주변의 시설물 이름에는 '숲Wald'이 붙은 것이 많다. 내가 좋아하는 단어 중에는 '숲안쪽das Waldinnere'이 있다. 그것을 우리는 훨씬 더 평범하게 '숲속'이라고 말할 수도 있으리라. 나를 가장 매혹시킨 하나의 단어는 '숲고독die Waldeinsamkeit'이다. 그러나 그것을 '숲속의 고독'이라고 표현할 수는 없다.

그날 밤 나는 취리히의 친구 R에게 우리의 숲 산책에 관해서 긴 편지를 썼다. 날이 점점 추워졌지만 우리는 오두막을 떠나지 않았다. 아침에 일어나면 가장 먼저 테라스의 온도계를 확인했다. 온도가 빙점 아래로 너무 많이 내려가지 않는지 살피기 위해서이다. 우리의 입김이 하얗게 피어났다. 저녁이면 양동이에 물을 데워 몸을 씻었고, 물이 충분하다면 간단한 세탁도 했다. 펌프의 문제 때문에 우리는 물을 최소한으로 소비하며 생활하는 법을 저절로 익히게 되었다. 물은 요리와도 직결되므로, 우리는 점차 조리하지 않고 먹는 일에도 익숙해졌다. 호밀빵과 치즈, 포장 샐러드, 달걀, 요구르트, 바나나와 사과. 뿐만 아니라 정원의 삶은 도시에서 익숙하던 많은 일들로부터 나를 멀어지게 만들었다. 나는 지금도 점점 멀어지고 있는 나 자신을 느낀다. 그래도 여전히 아침에 마시는 커피는 우리를 행복하게 했다. 나는 매일 늦잠을 잤고, 눈을 뜨면 이미 해가 지고 있다는 느낌에 사로잡혔다. 북독일의 겨울은 오직 밤과 어스름만으로 이루어지는가? 또다시 11월을 이곳에서 혼자 보내지 않게 되어 너무도 다행이라고, 베를린 서가의 주인이 말했다. 늪지에 가라앉은 이끼같이 무거운 11월. 차갑게 고인 물냄새와 젖은 갈대 냄새, 이른 서리 앉은 자작나무의 냄새.

그 11월에 나는 글쓰기의 기원에 관한 글을 써달라는 부탁을 받았다.

나는 비틀거린다, 라고 나는 대답해야 했는지도 모른다. 나는 공포에 질려 비틀거릴 뿐이라고. 나 자신이 쓴 모든 것에 걸려 넘어진다고. 그것은 밤의 숲에 드러난 뿌리다. 비명을 지르는 물닭이다. 나는 길이 보이지 않는 숲에서 방향을 잃은 채 오직 낙엽을 헤치며 가는 중이다. 그것이 나의 글쓰기이다. 그러나 나는 내 공포에 대해 길게 이야기하고 싶지는 않다. 나는 그것을 다른 말로 표현한다.

내 글은 아무도 모르게 달아나는 중이다. '글자 그대로 읽히는 것'으로부터.

겨울이 되었다. 아침이면 우리는 화로의 재를 양동이에 담아 집 앞 들판 가장자리에 버렸다. 밤새 사그라든 불씨가 가냘

프게 남아 있는 따뜻한 재. 나는 정원용 고무장화를 신고 비틀거리며 걸었다. 아직 녹지 않은 눈 때문에 길이 잘 보이지 않았고, 장화가 너무 컸기 때문이다. 풀 한 포기 흔들리지 않는 고요한 겨울날이었다. 나는 성에가 하얗게 내린 그림 속을 걷는 듯했다. 대야에 담긴 물이 테두리부터 얼어붙었다. 우리는 빗물받이통 속의 물을 비우고 통을 뒤집어놓았다. 그러지 않으면 물이 얼어 통이 깨져버릴 것이기 때문이다. 장작이 떨어졌다. 우리는 근처 농가에서 장작을 샀다. 벚나무, 자작나무, 버드나무가 섞인, 한 트랙터 분량의 장작, 잘게 쪼개지지 않은 통나무 형태로, 운반 포함하여 삼백 유로. 농부는 장작을 테라스까지 운반해주려고 했지만 트랙터가 투야나무 울타리를 통과할 수 없었기에 장작을 울타리 문밖에 부려두고 갔다. 우리는 함께 집안 테라스 위로 장작을 운반했다. 잘라놓은 통나무는 허리가 휠 정도로 무거웠고, 정원용 수레에 싣고 겨우 스무 걸음 정도 거리를 운반하는 데 둘이서 하루 온종일이 걸렸다. 일을 거의 마칠 무렵에는 눈까지 내리기 시작했다. 우리는 녹초가 되었다. 장작을 테라스 난간에 빙 둘러서 쌓고 습기가 스며들지 않도록 그 위에 방수포를 덮었다. 장작 보관용 창고가 있다면 이런 번거로움을 피할 수 있었을 것이다. 불쏘시개용 작은 나뭇조각과 석탄은 마을의 슈퍼마켓에서 살 수 있다. 그리고 정원에는 겨울 태풍이 떨어뜨린 나뭇가지들이 항상 널려 있다. 우리는 틈날 때마다 잔가지를 주워서 바구니에 담아 말렸다.

지난겨울, 눈 내린 날 아침의 산책을 나는 지금도 잊지 못한다. 해가 뜨기도 전에 베를린 서가의 주인이 나를 깨웠다. 그러고는 말했다. 밤새 눈이 왔어. 우리 새벽에 호수로 산책을 가자.

이른아침 숲은 밤사이 내린 흰 눈으로 덮였다. 숲을 가로지르는 산책로에 사람의 모습은 보이지 않았으나 우리를 앞서간 자전거가 있었다. 눈 위에는 간간이 짐승의 발자국도 보였다. 아마도 들토끼나 여우 그리고 기러기 같았다. 눈이 없었다면 보이지 않았을 것들.

숲 안쪽 호수 가까운 곳으로 들어가니 눈 위에는 누구도 다녀간 자취가 없었다. 걸음을 디딜 때마다 눈은 보드랍고 포근한 소리를 내며 발아래서 조금씩 무너졌다. 호수의 물은 맑고 부분부분 얇은 얼음에 덮여 있었다. 바람이 불었던 방향으로 소용돌이를 그리며 얼어붙은 얼음 위에는 새하얗게 눈이 쌓여 있었다. 거울처럼 잔잔한 회색빛 호수에 희고 둥근 얼음 섬들이 고요히 떠 있었다. 눈 내린 숲과 호수는 무채색 풍경을 이루었다. 순간 들오리떼가 활기차게 물을 저으며 지나갔다. 호수의 얼음이 확장될수록 오리가 헤엄칠 수 있는 수면은 줄어들 것이다. 오리들은 그 순간을 늦추기 위해 미친듯이 빠르게 헤엄치고 있었다. 우리는 계속 걸었다. 그리고 다시 정적이 찾아왔다.

눈이 내린 탓인지 기온이 많이 내려갔다. 털모자를 쓰고 목도리를 둘렀으나 우리는 뼛속으로 스며드는 축축한 한기를 느꼈다. 물가의 나무들은 호수를 향해 깊이 기울어진 자세로 자라며 엷은 얼음 위로 보라색 그림자를 드리웠다. 물을 향해 쓰러져버린 나무들도 많았다. 죽은 나무의 드러난 뿌리들. 물속에 가라앉은 나무들은 눈이 쌓인 검은 가지를 고요한 수면 위로 치켜든 채 얼어붙었다. 얼음 아래로 시체처럼 가만히 잠긴 나무들이 보였다.

숲속 눈 덮인 가지에 남아 있는 새빨간 열매들.

어디선가 단단한 눈이 한꺼번에 떨어지는 소리.

그리고 새들! 왜 눈 내린 다음날 아침의 빛 속에서는 항상 까마귀들이 우는 것일까? 나는 그런 묘사를 러시아 소설에서 자주 읽은 듯하다. 하지만 이처럼 실제로 경험한 것은 처음이었다. 아마도 내가 한국에서는 늘 도시에서만 살아왔기 때문일 것이다. 까마귀들이 날아오르자 나뭇가지 위의 눈이 흰 가루가 되어 흩어졌다. 바람이 없고, 유리처럼 맑고 환하며, 빛으로 가득한 아주 차가운 아침이었다. 우리는 모자를 깊숙이 뒤집어쓴 채 계속해서 걸었다. 겨울 숲의 아름다움은 우리의 말을 얼어붙게 만들었다. 이 순간의 숲은, 어쩌면 가장 아름다웠다. 우리는 잊지 못하리라. 개와 함께인 산책객들이 우리를 지나쳐갔다.

돌아오는 길. 우리는 한 여자가 벌거벗은 채 호숫가에 서 있는 것을 보았다. 그녀는 방금 차가운 얼음물 속에서 수영을 하고 나온 참이었다. 우리는 그녀를 방해하지 않기 위해 길을 돌아갔다.

WG, 그리고
개구리를 먹는 자

나는 마법의 장소에 있었다. 둥그스름하고 편평하게 펼쳐진 드넓은 계곡이었다. 계곡의 입구에는 구석기인의 동굴이 있었다. 계곡을 흐르는 론강은 계곡의 크기에 비해서 수량은 아주 적고, 그나마도 대부분 카르스트지형에 스며들어 지하로 흐른다. 길옆은 온통 초록 보리로 물결쳤다. 그 너머로 화가가 농담濃淡을 표현하는 것을 잊은 듯한 샛노란 유채 들판이 펼쳐지고 있었다. 계곡은 황금빛으로 가득한 거대한 항아리 속처럼 우묵하고 뜨겁고 고요했다. 나는 현기증을 느꼈다. 멀리 어두운 숲이 보였다. 길은 숲을 향해 일직선으로 이어지고 있었다. 나는 숲을 향하고는 있었으나 숲으로 가지 않아도 좋았다.

목적지 없는 산책이었다. 바람이 불어올 때마다 짙은 초록의 보리밭이 무수한 층의 색을 이루며 파도처럼 일렁였다. 머리 위의 하늘에서는 찌르듯 날카로운 태양빛이 내리쬐었으나 숲 쪽으로는 번개를 품은 진회색 구름층이 높이 형성되고 있었다. 조만간 소나기와 번개가 들판에 닥칠 예정이었다. 하늘 높이 매 한 마리가 떠 있었다. 우리는 그림 속에 있는가? 남쪽이었고, 여행중이었다. 호텔에서 아침식사로 둥근 흰 빵이 나왔는데 부드럽고 맛이 좋았다. 나는 버터를 바른 빵을 두 덩이나 먹었다. 남쪽 지방의 빵은 햇빛의 맛이 난다고 나는 말했다. 마음을 건드리는 다정한 맛이다. 호텔은 옆으로 두 날개를 펼친 모양으로 넓게 자리잡은 옛날식 건물이고 방이 아주 많았으나 우리 말고 다른 투숙객은 보이지 않았다. 아침식사 식당은 흔히 '겨울 정원'이라고 부르는, 저택의 일층에 자리잡은 유리 온실에 있었다. 아침의 공기가 좀 싸늘하긴 했지만 우리는 온실 바깥의 야외 정원 테이블로 나가서 아침식사를 했다. 지난밤. 두시와 세시, 그리고 네시에 호텔 어딘가에 있는 괘종시계가 무거운 소리로 시각을 알렸다. 옛날식 커다란 시계의 몸통에서 울리는 진짜 쇠공이 소리이다. 나는 잠을 이루지 못하며 종소리를 세었다. 종소리로부터 파생된 무수한 생각들이 나를 뒤척이게 만들었다.

론강의 계곡은 마법적인 장소라고 누군가 말했다. 인류 최초의 예술품이라고 할 수 있는 석기시대의 조각상이 발견되었기 때문일 것이다. 사자와 인간의 형상을 합쳐놓은 그것은 곧 주술적 사물이기도 했다. 나는 박물관의 사물 앞에서 가장 경건한 마음이 든다고 말했다. 번개에 그을린 흙투성이 벽돌 조각 하나는 벌레의 집이 될 우리 육신의 대응물이라고. 매와 번개를 피하기 위해 나는 사자인간의 동굴로 숨을 것이다. 그 동굴에서는 석기나 일상적 유물은 발견되지 않았다. 그곳은 주거지로부터 고립된, 의식의 장소였기 때문이다. 만약 들판에서 번개를 만나면 나무 아래로 숨을 생각은 말고 최대한 몸을 낮춰 땅바닥에 엎드려야 한다고 베를린 서가의 주인은 말했다. 우묵한 구덩이 속으로 들어갈 수 있다면 가장 좋다. 몇 년 전에 들판을 홀로 산책하다가 갑자기 번개를 만났을 때의 두려움이 되살아났다. 트랙터 바퀴 자국이 움푹한 길에는 키 낮은 들꽃들이 만발했다. 5월이었다. 시골을 여행하다가 마주치는 엄청난 크기의 트랙터는 놀라움의 대상이었다. 거대화되는 농기계는 숲의 토양을 망치는 한 원인이라고 베를린 서가의 주인은 말했다. 개인 농부들로부터 농토를 사들인 거대 기업이 농업을 산업화하면서 그런 경향이 가속되고 있다고 했다. 그는 외따로 떨어진 한적한 농가, 제재소와 방앗간 풍경, 붉은 양귀비가 만발한 휴경지, 겨울 숲의 벌목, 눈 덮인 겨울 들판, 보리, 밀, 호밀과 귀리, 옥수수의 수확에 대해서 잘 알고 있다. 그의 아버지가 농부였기 때문이다.

어느 날 우리는 호텔 근처에서 호수를 발견했다. 호수는 아주 작아서 연못이라고 불러야 할 듯했지만 탈의실과 샤워용 수도꼭지까지 갖추어져 있었다. 아직 여름 피서객들이 몰려오기 전이라서 호숫가는 텅 비었다. 햇볕은 뜨거웠으나 물은 살짝 차가웠다. 수면 바로 위로는 모기들이 구름을 이루고 있었고 물속에서는 머리카락처럼 가늘고 기다란 수초가 발을 휘감았다. 호수는 깊지 않았다. 호수 주변 나무 울타리 저편에서 소의 울음소리가 끊임없이 들려왔다. 물은 투명한 연녹색이었고 이끼와 물풀, 벌레와 유충, 나뭇잎과 식물의 조각 들이 둥둥 떠다녔다. 우리는 호수 한가운데 떠 있는 흰색 물체를 발견했다. 그것은 죽은 개구리였다. 풍선처럼 부푼 개구리는 수직으로 몸을 세운 채 물살의 움직임에 따라 이리저리로 흘러다녔다. 간혹 내가 구석기시대의 동굴 인간이 아니라는 사실이 믿을 수 없게 느껴질 때가 있다. (그것은 정말일까?) 물이 차가웠으므로 우리는 금방 밖으로 나와 따뜻한 햇볕에 몸을 녹이며 누워서 사과를 먹었다. 호텔 앞 슈퍼마켓에서 산 사과는 과육이 무척 단단하고 신맛이 강했다. 사과를 먹으면서 우리는 WG에 대해서 이야기했다.

슈투트가르트의 한 묘지에서 나는 WG를 처음 만났다. 베를린 서가의 주인은 오래전 청년 작가이던 시절 마찬가지로 청년 작가인 WG를 알게 되었다고 했다. WG는 노동자 작가였다. 직업학교를 중퇴한 그는 발굴 현장의 인부, 철물공, 호텔의 접시닦이 등으로 일하면서 독학으로 고고학과 지질학, 고대사를 공부했고 시와 산문을 썼다. 그리고 지금은 그에게 방을 제공해준 서점의 이층에 살면서 정원사로도 일한다고 했다. 그들은 간간이 연락을 주고받았을 뿐, 이십칠 년간 만나지 못했다. 어느 날 우리가 남쪽으로 여행 온다는 것을 알게 된 WG는, 슈투트가르트에서 만나 함께 작가 프란츠 융의 묘지를 찾아 돌보자고 제안했다고 한다. 묘지를 돌보는 데 필요한 정원용 도구는 자신이 갖고 가겠노라고. 프란츠 융은 독일 표현주의 문학의 마지막 세대에 속하는 작가라고 했다. 그동안 표현주의를 미술 사조로만 알고 있었던 나는 베를린 서가의 주인에게서 그 말을 전해들은 순간 갑자기 기묘한 상상에 사로잡혔다. "묘지를 돌보는 도구"라는 말을 듣자마자 머릿속에 거대한 낫이 떠올랐던 것이다. 사람 키만큼 크게 자란 풀을 슥슥 베어내는 데 사용되는, 양날 손잡이가 달린 반달형 낫. 해골 형상을 한 죽음의 신의 손에 들려 있는 대형 낫. 아직 WG를 모르는 때였던 나는, 기차를 타고 올 예정이라는 WG가 그런 무시무시한 도구를 들고 과연 기차를 탈 수 있을까 하는 의문이 내내 떠나지 않았다. 설상가상으로 우리가 만나기 며칠 전 정신이상자로 추정되는 남자가 기차 안에서 막무가내로 칼을 휘둘러 여러 사람이 다쳤다는 뉴스를 보기까지 했다.

나와 베를린 서가의 주인 그리고 WG는 공사중인 슈투트가르트의 중앙역을 지나갔다. 바로 올려다보이는 이층에 포르노 극장이 있었다고 WG가 말했다. "은퇴자의 포르노 극장" 하고 WG는 말했다. 그는 일생 동안 많은 책을 읽었고 그보다 더 많은 것을 경험했으며 그것들 모두를 기억 속에 단단히 간직한 사람이었다. 우리가 함께했던 이틀 동안 그는 자신이 한때 살았던 도시의 골목길과 상점들, 도서관과 박물관, 옛날식 담뱃가게, 오래전 이 거리를 걷던 사람들에 대해서 이야기했다. 물론 당연히 오래된 책들에 대해서도. 그러나 모든 것은 사라지고 허물어지고 철거되고 쫓겨나버렸다고 WG는 말했다. 사라짐은 진행형이다. 그가 말한 사라진 것들 중에서 옛날식 커피하우스가 내 흥미를 끌었다. 바로 이 자리에, 도시의 가장 번화가 모퉁이에 있었던 전설적인 커피하우스들, 둥근 대리석 테이블, 도자기 잔과 은색 스푼, 특유의 묵직하고 고

전적인 짙은 색 목제 의자와 실내장식, 저녁이면 카바레 공연이 열리곤 하던 커다란 갤러리, 그리고 호두색 나무틀에 끼워진 신문들까지. 이제 그런 커피하우스는 찾아보기 힘들어졌다고 WG는 말했다. 그가 그 커피하우스에서 오전을 보내며 커피를 마시고 신문을 꼼꼼히 읽는 것은 주말의 중요한 일과였다. 그리고 대화 상대가 그리울 때면 커피하우스에서 쉽게 누군가를 찾을 수 있었다. 옆 테이블에 앉은 사람에게 인사를 건네며 대화를 시작할 수 있었고, 옆 테이블에서 말을 걸어오기도 했다. 인상적인 것은, 커피하우스의 '숙녀들'이다. 숙녀들은 보통 홀로 커피하우스에 앉아 있었다. 숙녀들은 더이상 아주 젊다고는 할 수 없는 나이의, 화장을 하고 한껏 고급스럽게 차려입은 여자들이다. 숙녀들이 선호하는 자리는 커피하우스의 이층 갤러리다. 숙녀들은 늘 오만한 표정으로 턱을 치켜든 자세였고, 아래층의 사람들을 내려다보는 시선으로 담배를 피웠다. 그래, 커피하우스에서 담배를 피우던 시절의 일이다! WG는 슈바벤의 작은 도시에서 태어났다. "나는 프란츠 융을 개인적으로 만난 일은 없지만, 만약 그럴 수 있었다면 정말 좋았을 거라고 생각합니다." 프란츠 융의 묘석 앞에 무릎을 꿇은 자세로, WG는 그렇게 말했다. 처음 내 앞에 모습을 나타낸 WG는 내 상상과는 달리 거대한 낫 대신에 조그만 종이백을 하나 들고 있었다. 종이백 속에서는 작은 갈퀴 하나, 주방용 수세미와 천조각, 그리고 수영 보조기구처럼 생긴 폼 재질의 작은 받침대가 나왔다. 우리가 프란츠 융의 무덤에 도착하자 WG는 묘석 앞에 받침대를 놓고 그 위에 무릎을 꿇었다. 그리고 갈퀴로 묘석 위에 덮인 이끼를 긁어내기 시작했다. 프란츠 융의 묘석은 서 있는 게 아니라 바닥에 누인 형태라서 청소를 하려면 그 앞에 쪼그리고 앉거나 무릎을 꿇어야 했다. 그제야 나는 그가 받침대를 갖고 온 이유를 알았다. 프란츠 융의 묘석은 오랫동안 아무도 돌보지 않아서 이름을 새겨넣은 돌의 홈 사이에 초록 이끼가 가득했다. 묘석의 글자를 알아보기가 힘들 정도였으므로 우리가 그 무덤을 발견한 것은 정말로 기적이었다. 우리는 갈퀴와 수세미로 한동안 묘석을 청소했다. 이끼를 꼼꼼하게 긁어낸 다음 수세미로 묘석 표면을 문질러 닦고 묘지의 수도에서 물을 떠 와 묘석에 뿌리기를 반복했다. 누군가의 묘석을 청소하는 일은 생전 처음이라고 나는 말했다. 제발트의 책에서 읽은, 만성절 아침 안개가 짙게 낀 묘지에서 죽은 남편의 묘석을 청소하는 나이든 여자들에 대한 묘사가 기억났다. 프란츠 융은 결혼에 어울리는 남자가 아니었다고 WG가 말했다. (그렇다면 우리 중에 결혼에 어울리는 사람이 누가 있단 말인가.) "프란츠 융을 생전에 만날 기회가 있었더라면 나는 정말 기뻤을 겁니다." 죽은 이를 생전에 알았느냐는 내 물음에 WG는 이렇게 대답했다. 프란츠 융은 1963년에 슈투트가르트에서 죽었고 그때 WG는 아직 어린 소년이었다.

커피하우스의 숙녀들은 옆자리의 사람과 시시한 잡담을 나누지 않았다고 WG는 말했다. 숙녀들은 도도하게 턱을 치켜들고, 맞은편 자리에 앉아도 되느냐는 예의바른 대화 신청을 일언지하에 거절했다. 내 질문: 그 숙녀들은 부유한 계층이었을까? 예를 들자면 귀족? 아마도 그녀들은 적어도 한때는 부유함을 알았던 사람들일 거라고 WG는 말했다. 귀족이라고 할 수는 없지만 자부심 강한 시민 계층으로, 설사 몰락했더라도 과거의 반복적인 일상을 유지하는 노년의 사람들.

커피하우스 숙녀들의 모습은 19세기 말과 20세기 초의 유럽 회화에 남아 있다. 빈의 커피하우스에 여자들의 출입이 허용된 것은 19세기 중반이라고 들었다. 우아한 긴 드레스 차림으로 담배를 피우거나 신문을 읽는 숙녀들. 그림 속의 숙녀들은 젊고 아름다웠으나, WG가 묘사한 숙녀들은 모두 노인에 가까운 여자들이었다. 젊은 시절 그가 본 여자들은 커피하우스 숙녀의 마지막 세대일 것이다. 또한 그런 전통적 커피하우스도 대부분 사라져버렸으나 몇몇 곳이 전설처럼 남아 있는

데, 나는 그중의 하나로 서베를린 구역의 '카페 하르덴베르크'를 알고 있다. 그곳으로 들어서는 것은 과거로의 여행과도 같았다. 그러나 아쉽게도 갤러리에서 도도한 자세로 앉아 있는 늙은 숙녀들은 보이지 않았다. 전통 커피하우스에 대해 이야기를 나누면서 우리는 현대식 대량 생산물이 아닌 카페를 찾아보려고 했고, 슈투트가르트 주택가 어느 길모퉁이에서 그런 곳을 발견했다. 그것은 말하자면 소박한 형태의 옛날식 카페였다. 우리는 커피와 홈메이드 케이크를 주문했다. "이곳의 실내장식은 과거의 커피하우스와 유사합니다, 바로 이런 분위기였죠, 저기 나무틀에 끼워진 신문도 마찬가지예요. 하지만 탁자는 대리석이 아니군요." WG는 아쉬워했다. 케이크는 지나치게 달콤했으나 흰 사기잔에 담긴 커피맛은 훌륭했다. 젊은 시절의 WG에게 깊은 인상을 주었던, 가까이 다가갈 수 없었던 숙녀들은 이미 오래전부터 이 세상 사람이 아닐 것이다. 커피하우스의 숙녀들로 대표되는, 정체불명의 도도한 노년 여성 계급은 사라졌고 그 자리에는 다정한 수다를 풀어놓는 동네 할머니들이 앉아 있었다.

오후가 되자 날은 점점 더 뜨거워졌다. 우리는 걸어서 공원을 가로질러 인공 호수를 지나 개신교 단체의 찬양 모임이 열리는 잔디밭에서 잠시 동안 서서 노래를 듣다가, 번화가 광장의 주말 벼룩시장을 구경했고, 보행자 전용 쇼핑가를 걸어 중앙역으로 향했다. 거리는 사람들로 가득했다. 일요일이라 대부분의 상점이 문을 닫았고 길거리 카페에는 빈자리가 없었으며 길거리 벤치도 마찬가지였다. 우리는 덥고 지쳤다. WG는 겉옷을 벗어서 왼팔에 걸치고 오른손에는 사각형의 가죽 여행가방을 들고 있었다. 놀랍게도 그는 배낭이나 캐리어가 아니라 그 가방을 들고 여행을 다닌다고 했다. 그러다 문득 뭔가가 생각난 듯, WG는 길 한가운데서 가방을 내려놓고 열었다. 잠옷과 티셔츠, 양말 등의 내용물을 뒤적이던 그는 손바닥만한 벽돌 조각 하나를 꺼내서 내게 건넸다. 기와처럼 두께가 얇은 벽돌은 흰 얼룩이 섞인 불그스름한 색이고 잘린 단면에는 녹색 이끼가 보였다. 로마시대에 구워진 벽돌이라고 WG가 말했다. 그는 독일 서쪽의 자르브뤼켄에 살고 있는데, 그곳은 과거 로마제국에 속했던 도시이고 아직도 로마시대의 유적지가 남아 있다. 그는 내게 주기 위해서 로마시대의 폐허에서 이 벽돌을 가져왔다고 했다. 로마의 카이사르가 오기 전까지 그곳은 켈트족의 땅이었다. 켈트족은 문화가 발달했을 가능성이 크지만 이상하게 문자도 기록도 남기지 않았다. 아마도 그들은 의례와 관련된 이유로 글쓰기와 기록을 의도적으로 기피했을 거라고 추측된다. (순간들 기록 없이.) 우리는 어느덧 광장에 도착했다. 광장은 관광객들로 발 디딜 틈이 없었다. 간신히 한 노천카페에서 빈 테이블을 발견한 우리는 맥주와 레모네이드를 주문할 수 있었다. 담배 마는 종이가 떨어졌는데 담뱃가게가 문을 닫아 살 수가 없다고 WG가 말했다. 과거에는 모든 카페에서 담배는 물론이고 담배 종이도 살 수 있었으나 이제는 아니라고. 우리는 젊은 웨이터에게 혹시 담배 종이를 구할 수 있느냐고 물었고, 웨이터는 아마도 그것을 갖고 있을 만한 동료에게 물어봐주겠다고 했다. 우리는 잠시 말없이 앉아 있었다. 뉴스에 따르면, 독일 정부는 6월부터 매우 저렴한 기차 정기권을 판매할 예정이었다. 한 달 동안 독일 전역을 기차로(특급열차 제외) 자유롭게 다닐 수 있는 티켓의 가격은 구유로였다. WG는 그 표로 특정 종의 난초를 찾아가는 여행을 계획중이라고 말했다. 잠시 후 웨이터가 담배 종이를 몇 장 가지고 왔다. WG가 사례를 하려 했으나 웨이터는 받지 않았다. 베를린 서가의 주인과 WG는 필터 없는 담배를 말아서 피웠다. 이십칠 년 만에 재회한 두 친구는 이제 곧 다시 헤어지게 될 것이다. 번잡한 관광지 카페에서 만난 젊은 웨이터의 친절은 더위와 먼지와 긴 산책과 작별에 지친 우리를 맑은 우물처럼 위로했다. 기차 시간이 다가왔다.

론강의 계곡은 마법적인 장소라고 WG가 말했다. 강은 있으나 물줄기가 보이지 않는 마른 계곡으로, 나무가 거의 없이 풀과 갈대가 자란다. 여행중에 기회가 되면 그곳을 걸어보라고 했다. "동굴에서 발견된 사자인간의 조각상이 남성이라고 믿은 학자가 있는 반면에 어떤 학자는 여성의 모습이라고 확신하기도 했습니다. 논쟁은 뜨거웠지요. 그래서 박물관은 조각상을 남자도 여자도 아닌 '사자인간'이라고 명명함으로써 논쟁에 종지부를 찍었습니다." 다른 누군가로부터 들은 바에 의하면, WG는 자신의 손이 너무 흉하기 때문에 후손을 갖고 싶지 않다고 말했다고 전해진다. (그렇다면 우리 중에 결혼에 어울리는 사람이 누가 있단 말인가.) 나중에 우리가 다시 만나게 된다면, 나는 론 계곡에서 번개에 갇힐 뻔했다고 이야기할 것이다. 자신은 어린 시절에 집안으로 들어온 번개와 마주친 일이 있다고 베를린 서가의 주인이 말했다. 번개는 공 모양으로 뭉쳐진 빛의 형태였고, 열린 창으로 들어와 천천히 구불거리며 방안을 떠다니다가, 마치 술 취한 사람이 든 등불처럼 비틀거리고 흔들리더니, 불이 꺼진 어둑한 방구석에 파편 같은 빛 가루를 한 줌 떨구고는 다시 창밖으로 날아갔다고. WG에게 엽서를 보내자고 베를린 서가의 주인이 말했다. WG는 전화가 없다. WG는 컴퓨터도 휴대폰도 갖고 있지 않고 이메일 주소도 없으므로, 그에게 닿을 수 있는 방법은 오직 편지와 엽서뿐이라고. WG에게 연락을 하려면 그의 이웃에게 일단 전화를 걸어 WG를 불러달라고 부탁한 다음, 십 분 후에 다시 전화를 걸면 된다고 했다. 혹은 그런 식으로 WG는 우리에게 전화를 걸어오게 된다. 하지만 WG는 유별난 은둔자가 아니며, 그 자신이 자주 친구들에게 엽서를 써 보내는 사람이라고 했다. 관절에 통증이 있는 WG는 어느 순간부터 손으로 글을 쓸 수 없어 구식 타이프라이터로 엽서를 쓰며, 종종 두세 장의 엽서를 이어서 쓰고, I, II, III 등으로 번호를 붙여서 보낸다고 했다. 그런 식으로 그는 우리에게도 엽서를 보냈다고. 우리는 WG와 헤어진 다음날 론강의 계곡을 걸으며 WG에 대해서 이야기했다. 아무리 빨리 걸어도 번개 구름보다 더 빠를 수는 없었다. 우리는 천둥소리와 섬광에 갇혔다. "우리는 박물관의 켈트족 유물 앞에서 언제라도 만날 수 있습니다." 이것이 WG가 남긴 작별의 말이었다.

여행의 마지막날 베를린 서가의 주인과 나는 호수로 갔다. 아직 5월이었고, 호수에는 여전히 우리 둘뿐이었다. 우리는 물가에 자리를 펴고 누워서 점심으로 준비해온 사과와 크루아상을 먹고 커피를 마셨다. 샛노란 나비 한 마리가 날아갔다. 우리는 번개에 몸을 맡기듯이 햇볕에 몸을 맡기고 누워 있었다. 나는 베를린 서가의 주인 겉옷 주머니에서 중국 시집을 발견했다. 정확히는 중국시의 번안 시집이었다. 여기서 번안이란 외국 시를 원어에 얽매이지 않고 독일어에 어울리게 '나흐디시퉁Nachdichtung한다'(다시 시로 짓는다)는 의미이다. 베를린 서가의 주인도 일본 시인 다네다 산토카의 하이쿠를 영문에서 나흐디시퉁한 적이 있다. WG는 유럽을 벗어난 동쪽으로는 멀리 가본 일이 없다고 내게 털어놓았다. "내가 가본 가장 먼 동쪽은 캅카스였습니다" 하고 그는 말했다. "우리도 트빌리시에 있었답니다. 거기서 니코 피로스마니가 죽음을 맞은 계단 밑 방을 보았어요" 하고 내가 대답했다. 이 세상의 마법적인 장소들이 우리의 몸을 흐른다. 어떤 순간, 나는 내가 구석기시대의 동굴 인간이 아니라는 사실을 납득할 수 없다. (그것은 정말일까?) 베를린 서가의 주인은 호수를 가로질러 반대편으로 헤엄쳐가고 있었다. 그가 햇빛 속에서 가물거리며 멀어졌다. 그 작은 책은 베를린 서가의 주인이 겉옷 주머니에 넣어두었다가 잊은 것이다. 그는 자신이 이 시집을 여행길에 갖고 왔다는 사실을 모르고 있는 듯했다. 나는 시집을 펼치고 저절로 나타난 페이지를 소리내어 읽었다. 당나라 시인 이하의 번안 시를 읽는 내 목소리는 아무에게도 들리지 않았다. 이 세상은 오직 한 마리 죽은 개구리의 우주였다.

하늘의 푸르름 위에 무엇이 있는지 모르며
누런 땅속이 얼마나 깊은지 모른다
내가 아는 것은 단지 달은 차갑고 태양은 더우며
둘 모두 인간의 목숨을 갉아먹는다는 것
곰 고기를 먹는 자 살이 찔 것이며
개구리를 먹는 자 여위어가리라

작별들

들판에는 청보랏빛 수레국화와 양귀비가 만발했다. 우리는 걸었다.

질문이 있었다. 행복한가? 잘 모르겠다고 대답했다. 그러자 다음 질문. 지금 이 순간에 계속 머물기를 원하는가? 그렇다고 대답했다.

풀들이 많이 자라나 길이 보이지 않았으므로 우리는 길과 길 아닌 곳을 구분하지 않고 걸었다. 아지랑이같이 반짝이는 풀벌레들이 주변을 날아다녔다. 도중에 들판이 보이는 벤치에 앉아 책을 읽었다. 최근 나는 『작별들』을 읽기 시작했다. 그리하여 나는 작별들에 대해서 말한다.

이 책을 발견한 곳은 딩켈스뷜의 한 서점이다. 딩켈스뷜은 독일 남부 프랑켄 지방의 작은 도시인데 나는 그 이름을 이전에는 한 번도 들어본 적이 없다. 우리는 남쪽을 여행하던 중이었고 안스바흐에 갔다가 지도에서 인근 도시 딩켈스뷜을 발견했다. 그러자 갑자기, 딩켈스뷜에 가야 한다고 베를린 서가의 주인이 말했다. 아마도 그건 내가 최근에 독일 낭만주의에 관심이 있다고 말해서일 것이다. 딩켈스뷜 구시가지는 전쟁의 파괴를 피한 덕분에 중세도시의 모습이 잘 보존되어 있으며 베르너 헤어초크 감독이 카스파 하우저에 관한 영화를 찍은 장소로 알려지기도 했다. 세상에는 영원히 비밀로 남은, 신비한 사건들이 간혹 일어났는데 카스파 하우저 또한 거기에 속할 것이다. 딩켈스뷜 구시가지에 도착한 뒤, 자신은 오래전부터 이 도시에서 살아보고 싶었노라고 베를린 서가의 주인은 말했다. 우리가 거기서 가장 먼저 발견한 것은 한 책방이었다. 책방 입구는 아주 오래된 목조건물 일층에 자리잡고 있었다. 안으로 들어서자마자 베를린 서가의 주인은 감탄의 환호성을 내질렀다. 둥그런 회전 책장에 주어캄프출판사의 문고판이 가득했기 때문이다. 문고판이 그런 식으로 모여 있는 것은 드문 광경이었다. 거기에 FM의 『작별들』이 있었다. 나는 두 번 생각할 필요도 없이 그 책을 뽑아들었다. 우리의 등뒤에서 책방 주인이 말했다. "이층으로 가면 더 많은 것을 발견할 겁니다."

이층으로 올라가는 나무 계단은 옆으로 비스듬히 기울어졌으며 걸음을 옮길 때마다 삐걱거리는 소리가 났다. 이층에 올라간 우리는 책방이 아니라 마치 누군가의 수백 년 된 낡은 서가에 들어선 느낌을 받았다. 앞뒤로 난 아치형 창을 통해 들어온 한낮의 환한 햇빛이 서가를 비추고 있었다. 책들은 책장뿐만 아니라 책상과 탁자 위에도 진열되어 있었는데, 그 공간은 책을 파는 상점이라기보다는 책벌레, 서가의 영혼, 책 애호가에게 바쳐진 장소 같았다. 아마도 그곳에 다른 손님은 하나도 없이 우리뿐이었고, 낡은 마룻바닥이 그대로 드러났으며, 전등이 아니라 자연광이 책을 비추고 있었고, 그래서 그늘의 책들은 자연스레 어둠 속에 머물렀기 때문이리라. 또한 거기 있는 책들이, 예를 들자면 1980년대 남한의 사회와 정치를 상세하게 취재한 보고서와 같이, 최근의 독서 트렌드와는 좀 거리가 있는 마치 개인적인 소장품처럼 독특한 발견의 느낌을 주는 종류라는 것도 한 이유가 될 것이다. 지금까지 내가 강한 인상으로 기억하는 몇몇 서점이 있는데, 그중 하나는 몇 년 전 우연히 방문한 웰니스호텔인 엘마우성의 구내 서점이다. G7 정상회담 장소이기도 한 그 호텔의 고풍스럽고 멋진 도서관을 잊을 수 없다. 그뿐만 아니라 수영장이나 티룸 등 호텔 내부

곳곳에 언제라도 읽을 수 있도록 책을 배치해놓은 것이 인상적이었다. 그 책들은 대부분 장정이 크고 값비싼 예술 서적들이었다. 호텔 내부에 상점이라고는 오직 서점뿐이었고, 그곳 진열대 한가운데 왕좌처럼 높은 자리에는 묵직한 장정의 마르크스의 『자본론』이 자리잡고 있었다. 또다른 서점은 네팔의 포카라에서 만난 서점들이다. 서가에는 수십 년 동안 각국의 여행자들이 가져온 다양한 언어의 낡은 중고 책들이 가득했으므로, 제1언어권의 히피 여행자들에게 인기 있던 작가가 누구인지 시대별로 살펴보는 재미가 있었다. 가지고 온 책을 팔 수도 있었고 한 권을 사서 읽은 다음 가지고 가면 반값에 다시 구입해주기도 했다.

딩켈스뷜, 햇빛이 비치는 창가에 서서 나는 바람에 저절로 펼쳐진 페이지를 읽었다. 그것은 1980년대 서울에서 일어난 분신 사건에 관한 글이었다. 흑백사진들이 쏘는 듯이 강렬했는데, 그건 아픔과 낯섦, 두 가지 상반된 감정을 불러일으켰다. 오래전에 거리를 두고 바라보았던 몇몇 일들이 수십 년이 지난 지금 수천 킬로미터의 거리를 둔 장소에서 생생하게 떠올랐다. 나는 햇빛 속에 선 채 책을 몇 페이지 읽었다. 서가에는 사람들이 앉아서 책을 읽을 수 있도록 낡은 일인용 가죽 소파가 놓여 있었다. 우리가 움직일 때마다 삐걱거리는 마룻바닥과 우리의 그림자에 흔들리는 빛 이외에 모든 것이 고요했다. 경사진 지붕의 서까래가 우리를 내려다보았다. 종종 나는 독일에서 이런 서점을 발견할 때마다 어떻게 이런 곳이 가능한지 궁금해하곤 했다. 헌책방은 아니지만, 일반적인 서점에서는 발견하기 힘든 오래된 책들이 있는 서점.

구석구석의 그늘에는 다양한 농담의 어둠이 고여 있었다. 마치 글쓰는 자의 서재처럼, 창을 등지고 자리잡은 커다란 작업용 책상. 나중에 우리는 그 서점이 있는 건물이 14세기 무렵에 형성된, 중세도시 딩켈스뷜에서도 가장 오래된 집 중 하나라는 사실을 알게 된다. 아마도 최초에는 부유한 귀족의 집이었겠지만 이후 식당과 여관, 정육점 등으로 활용되던 도시 중심부의 상업 건물에 서점이 입주한 것은 1960년대라고 한다. 우리에게 깊은 인상을 남겼던 서점 이층은 처음에는 주인 가족이 살았던 공간이었다. 당신은 분명 뭔가를 발견할 겁니다, 하고 등뒤에서 책방 주인은 말했다. 베를린 서가의 주인이 딩켈스뷜에서 살고 싶어한 것은 헤어초크 감독의 영화 때문일 것이다. 나는 딩켈스뷜이란 이름의 어원이 궁금했다. '뷜'이란 중세 독일어 단어로 '언덕'을 의미한다. 그것은 딩켈밀(스펠트밀)과 어떤 관련이 있는지? 딩켈밀이 자라는 언덕들.

얼마 전 우리는 북쪽 정원 울타리 근처의 풀을 뽑고 땅을 고른 뒤에 잔디 씨앗을 뿌렸다. 지금껏 우리는 항상 어딘가로 여행을 떠나려 했고, 실제로 여행을 떠나 있었고, 그래서 정원에 지속적으로 머무는 기간이 없었다. 그러나 이제 많은 것이 바뀌었고, 우리 자신도 바뀌었다. 우리는 올해 정원을 떠나지 않기로 결심했다. 우리는 칩거하듯이 살게 될 것이다. 풀이 무성하게 자라난 화단을 손질하고 갈퀴처럼 생긴 도구로 흙을 갈았다. 이 지역의 토양은 모래흙이다. 재와 퇴비를 조금 섞어 뿌린 뒤 부엌 찬장 서랍에서 발견한 파프리카와 딜 씨앗을 뿌렸다. (얼마나 오래된 씨앗인지는 알지 못한다. 씨앗은 내가 이 집에 처음 온 날부터 그 자리에 있었던 것 같다.) 씨앗을 뿌리면 새들이 와서 먹어버리고 새순이 돋으면 달팽이와 애벌레의 먹이가 된다는 것을, 게다가 작물이 충분히 성장할 만큼 비옥한 토양이 아님을 잘 알고는 있지만 그래도 정원 일 자체가 우리를 즐겁게 했다. 정원 펌프 위로 길게 뻗어나 일을 방해하는 나뭇가지를 베어냈다. 베를린 서가의 주인은 정원 장미나무 주변에 무성하게 우거진 어린 단풍나무 덤불을 잘라냈다. 올해 장미는 햇빛을 더 많이 받고 피어날 것이다. 매년 5월 화려하게 피어나 봄의 절정을 알리는 로더덴드런은 이제 시들어간다. 로더덴드런꽃이 사라지면 작약이 피고 파리나 모기와 같은 곤충이, 그리고 이어서 벌들이 찾아올 것이다. 우리는 다음에 정원용품 마켓에 가서 사올 물건으로 커다란 물뿌리개를 메모해둔다. 햇빛이 잘 드는 테라스 앞 화단에는 물망초 씨앗을 뿌리고 북쪽 정원에는 화원에서 사온 보라색 루핀을 심었다. 꽃이 가득 달린 루핀 줄기는 쓰러질 듯 기우뚱했다. 아마도 루핀은 얼마 안 가서 죽어버릴 것이다. 우리는 산책길에 꽃술이 뱀의 혀처럼 길게 나온 푸른 꽃을 발견하고 꺾어 와 화병에 꽂았다. 독일어로 '독사의 대가리Natternköpfe'라고 불리는 꽃이다. 초여름. 부드럽고 온화한 날들이 이어졌다.

정원 일을 마친 우리는 스파게티 국수를 삶아 청어 통조림과 함께 저녁을 먹었다. 마지막 국수였다. 이제 부엌 선반에는 통잡곡빵이 조금 남아 있을 뿐이다. 우리는 청어 통조림을 좋아한다. 그래서 늘 많이 사다놓는 편이다. 나는 딩켈밀 빵도 좋아하지만 베를린 서가의 주인은 딩켈, 통곡물, 호밀 등 잡곡으로 만든 빵을 즐기지 않는다. 그의 입맛에는 고급 밀가루에 대한 향수가 있다. 신선한 생선이나 해물은 구할 수도 없고 또 요리하는 법도 모른다. 달걀이나 구운 야채, 감자 샐러드, 오트밀 등이 우리가 즐겨 먹는 메뉴이다. 가끔 모든 욕망으로부터 자유롭고 싶을 때, 우리는 금식을 해보려고 시도한다. 마을의 기차역 앞에 베트남 음식점이 생긴 이후에는 그곳에서 몇 번 식사하기도 했다. 가격이 저렴하지는 않지만 맛이 좋고 아주 널찍한 야외 테라스가 있어서 전염병이 한창일 때도 이용할 수 있었다. 나는 거의 항상 닭고기를 곁들인 샐러드를 주문한다. 하지만 베를린 서가의 주인이 가장 좋아하는 식당은 근처 고린 호숫가 마을의 그리스 식당이다. 이 근처 호수들은 넓은 모래사장이 있는데다 물이 깊지 않아 수영하기에 좋다. 호수 바닥에는 검은 해초가 숲을 이루었고 모래흙은 크림처럼 부드러워서 디디면 몸이 절반이나 움푹 가라앉는다. 언젠가 한번은 수면 아래의 섬처럼 거무스름한 덩어리 한가운데로 들어갔는데, 해초인 줄 알았던 그것이 검은 올챙이들이 모여 있는 거대한 무리임이 밝혀지기도 했다. 고린 호숫가의 해변, 커다란 티벳개를 데리고 온 한 여자가 개와 함께 물로 들어갔다. 차가운 물에서 막 나온 우리는 타월을 몸에 두른 채 앉아 책을 읽는다. 흐릿한 태양이 구름 사이로 모습을 감추었다. 제비가 모래에 닿을 듯이 낮게 날았다. 공기 중에는 물비린내가 떠 있었다. 내 일생의 나날을 사로잡고 놓아주지 않았던 것들, 기차를 타고 불안하게 떠났던 여행, 수많은 편지, 기나긴 기다림, 망각한 이름들, 그 모두의 배경으로 물속의 수초처럼 흘러가는 연두색 풍경들. 나는 비밀스럽게 소스라친다. 나는 종종 어떤 감정의 절정 상태를 기억처럼 겪는데, 그것이 행복인지 아니면 정반대의 것인지 알 수가 없다. 행복한가? 잘 모르겠다고 대답했다. 느낌은 빠르게 휘발되어버리고, 나는 한 마리 티벳개처럼 그 자리에 홀로 남는다.

나는 『작별들』을 계속해서 읽는다. 그동안 조금씩 읽고 있던 클로드 시몽을 잠시 밀쳐둔다. 클로드 시몽의 묘사는 그 자체로 하나의 예술이라고 베를린 서가의 주인은 자주 말했다. "그는 화가였고 그래서 그의 글에는 아주 상세하고 생생한 그림과 같은 묘사가 등장한다. 그의 묘사는 그 자체로 대다수의 스토리보다 더 매혹적이다." 나는 클로드 시몽의 책을 두 권이나 시도해보았으나 한 번도 끝까지 읽지 못했다. 그 어디에서도 본 적이 없는 묘사와 스타일에 놀라고 감탄했으나 거기에서 '매혹'을 발견한 것은 세번째 책을 읽기 시작한 다음이었다. (정교하게 계산된 테크닉으로서의 언어에 거리감을 느끼는 나는 처음에는 그것이……) 베를린 서가의 주인은 클로드 시몽의 애독자이고 거의 모든 작품을 읽었지만, 텍스트의 콜라주로 특징되는 FM을 좋아하지는 않는다. (그: FM은 자크 데리다를 이해하지 못하고 있는 것이 분명해. 그리고 FM의 단어 조어 방식은 예를 들면 아르노 슈미트 같은 천재 작가들이 이미 시도한 것이야. 나: 그게 무슨 상관인가?) 우리는 때로, 결국은 핏속에 간직된 취향의 요소로 귀결될 수밖에 없을 것 같은 문제로 다르다. 그가 높이 평가하는 몇몇 작가들을 나는 좀 지루하다고 여긴다. 반면에 내가 좋아하는 몇몇 작가들을 그는 살짝 폄하하는 것이 분명하다. 예를 들어 그는 제발트를 토마스 베른하르트의 영향에서 벗어나지 못한 글쓰기라고 생각한다. 하지만 대개 우리가 사랑하는 문학은 상당한 부분에서 겹친다.

토요일 오전 열시가 되면 마을 소방서의 사이렌이 길게 울린다. 의용소방대의 훈련을 위해서라고 한다. 만약 다른 때에 사이렌이 울린다면 그건 정말로 어디선가 불이 났거나 사고가 있다는 신호라고 했다. 저녁이면 교회에서 여섯시 종소리가 들려왔다. 들판에서 일하던 농부 부부가 일손을 놓고 경건한 자세로 신에게 감사를 올리는 저녁 기도의 종소리이다. 그러나 이제 들판에서 직접 쟁기질을 하는 농부는 그 어디에도 없다.

집 앞 풀밭의 풀들이 크게 자랐다. 연두색 풀줄기 위로 황금색과 자주색, 보라색 알갱이가 영글고 있었다. 바람에 풀밭이 일렁이는 풍경은 경작지의 밀밭이 일렁이는 풍경과는 좀 다르다. 일정한 종이 균일하게 심긴 밀밭과는 달리 풀밭의 풀들은 여러 종이 섞여 있어서 키나 색채가 조금씩 다르기 때문이다. 풀 사이사이에 아름다운 수레국화가 피고 보라색 초롱꽃이나 노란색 앵초 등이 섬처럼 군락을 이루기도 한다. 바람이 불어올 때마다 풀밭은 은은하게 변하는 색채의 물결로 파도쳤고 산산조각난 빛들이 오색으로 잘게 부서지며 허공에 흩어졌다. 들판 가장자리는 메꽃과 캐모마일, 클로버가 만발했다. 6월, 첫번째 건초 수확기 직전인 이 시기 절정을 이루는 풀밭의 아름다움을 마음껏 즐겨야 한다고 베를린 서가의 주인은 말했다. 풀의 씨앗이 여무는 이때 베어내 말린 건초가 영양이 가장 풍부하다. 너무 늦으면 질긴 줄기만 남는다. 하지만 반대로 가축의 먹이가 아니라 연료용이라면 늦게 베어내 말린 건초일수록 더 좋다. 그의 고향에서는 대개 일 년에 두 번 풀베기를 하는데, 놀랍게도 수확 시기에 따라, 그리고 베어낸 장소에 따라 건초의 명칭이 달라진다고 했다. 풀의 수확을 위해서는 비가 내리지 않는 맑은 날씨가 중요하다. 어린 시절, 그는 6월이면 집에서 기르는 개를 데리고 자신의 키를 넘게 훌쩍 자라난 풀밭을 헤치며 다녀야 했다고 한다. 기계가 풀을 베어내기 전에 풀 사이에 숨어 있는 새끼 노루를 미리 몰아내기 위해서였다. 그러지 않으면 노루들은 기계에 다리가 잘리고 만다. 베어낸 풀은 들판에 눕혀 며칠 동안 말린다. 한쪽이 충분히 건조되면 뒤집어주면서 골고루 말린 다음 압축해서 둥글게 말아 겨울 가축의 먹이로 저장한다. 건초를 말리는 건 아주 중요한데, 습도가 일정 수준 이하로 내려가지 않은 건초는 상할 위험도 있지만 그보다는 자연발화가 더욱 큰 문제이다. 건초에 함유된 미생물의 호흡으로 열기가 발생하고 그 열기가 높은 압력으로 응축된 환경에서 외부로 해소되지 못하면 결국 건초에 저절로 불이 붙는 일이 생길 수 있다. 농가에 발생하는 화재는 큰 위험이다. 농가에는 사람과 건초 창고 이외에도 많은 수의 가축들이 있기 때문이다. 우리에 갇히거나 매여 있는 가축들에게 화재는 치명적이다. 베를린 서가의 주인은 언젠가 친척의 농가에서 건초 화재가 발생했을 때 결국 그의 사촌이 총을 가져와 상처 입은 가축들의 고통을 직접 덜어주어야만 했다고 말했다.

이제 곧 우리의 오두막 앞 들판의 풀은 베어내질 것이다. 온 들판에 퍼지는 향긋하고 촉촉하고 씁쓸하고 진한 풀냄새, 그것은 곧 자신의 어린 시절 냄새라고 베를린 서가의 주인은 말했다. 커다란 기계가 며칠 동안 들판을 오가며 풀을 뒤집어 말리다가 어느 날 마침내 거짓말처럼 앙상하게 깎인 들판에는 여기저기 흩어진 커다란 건초 뭉치들만이 독일 농촌 특유의 풍경을 만들어내다가, 집채만한 트랙터가 건초를 싣고 가버릴 것이다. 그리고 다시 들판에는 캐모마일 꽃송이들과 함께

여린 풀들이 자라나기 시작하리라. 그리고 8월이 되면 건초를 만드는 일련의 과정들이 되풀이될 것이다.

오늘 우리는 들판을 산책하면서 수레국화와 양귀비 그리고 보라색 들풀을 꺾어 풍성하게 꽃다발을 만들었다. 지난해에도 마찬가지로 우리는 들꽃과 풀로 커다란 다발을 만들어 테라스 기둥에 매달아놓았다. 테라스 뒤편 투야나무 울타리로 해가 지는 저녁마다 풀꽃 다발은 불그스름한 석양빛 속에서 얼마나 아름답게 반짝였는지. 그 시기 새들이 종종 우리의 테라스로 찾아왔다. 꽃다발 속 알갱이가 여문 싱싱한 풀씨를 먹으려는 것이다. 우리는 새로 만든 풀꽃다발을 기둥에 걸고 이전의 다발은 화로 속으로 던져넣었다. 물기 하나 없이 바싹 마른 풀줄기가 들어가자 화르르 소리와 함께 뜨거운 불길이 엄청난 기세로 높이 솟아올랐다. 동시에 어떤 기억이 함께 불처럼 솟아올랐다. 나는 소스라치며 뒷걸음쳤다. 오래전 어느 날 당신으로부터 온 편지…… 그 순간 문득 작별은 사랑과 마찬가지로 특정 시기에만 국한된 개별 사건이 아니라, 삶의 시간 내내 우리가 참여하고 있는 비밀의 의례와 같다는 생각이 들었다. 우리의 일생은 그것을 위해 바쳐진 제물이었다. 우리가 평화롭게 정원의 흙 위로 몸을 기울인 동안, 당신의 몸 위로 빛과 그늘이 어지럽게 얼룩지는 그 순간에도. 작별은 바로 지금, 우리의 내부—숲안쪽—에서 일어나고 있는 가장 궁극의 사건이었다. 배추흰나비의 애벌레가 몸을 구부리면서 당신의 목덜미 위를 느리게 기어간다. 나는 손가락 끝으로 그것을 집어올린다. 평화와 고요. 오직 빛과 호흡만이 있는 순간. 지금 당신이 불타고 있다는 증거인가? 글쓰기는 작별이 저절로 발화되는 현장이다. 그 아래 아직 당신의 발자국이 움푹 팬 채로 남아 있는 죽은 딱총나무가 내 눈앞에서 저절로 불타기 시작한다. 우리는 우리의 내부—숲안쪽—로 간다. 당신의 정원용 장갑은 나무 울타리 위에, 그리고 흙 묻은 장화는 테라스 앞에 있다. 당신의 정원 가위는 펌프 옆에 둔 채로 잊혔고 나는 당신을 잊고 있었다. 당신에게 편지를 쓰던 중이라는 사실을, 나는 얼마나 오랫동안 잊고 있었는지! 나는 서둘러 장화를 벗고 집안으로 들어가 오래전에 중단했던 편지를 이어서 쓰려 한다. 편지는 서가의 두번째 칸, 일기장과 엽서와 메모지 들이 쌓인 곳에 있을 것이다. 어둑한 집안의 그늘 속에서 나는 분주하게 서가를 뒤진다. 언제인가의 겨울, 내가 당신에게 쓰다가 멈추어버린 편지를 발견할 수 있기를 바란다. 책상 위를 더듬어 펜을 찾아내려고 한다. 침실에서 들려오는 라디오 소리, 사뮈엘 베케트의 라디오극. 나는 편지에 이어서 쓸 것이다. 나는 놀라운 일을 경험했다고, 방금 내 정원에 배추흰나비 애벌레의 몸으로 찾아온 당신을 알아보았노라고.

이것은 오래전에 쓰다가 중단한 편지이다: 해질 무렵 빛은 테라스의 호둣빛 탁자에 머문다. 기나긴 여운을 가진 하루의 짧은 순간, 당신은 테라스에서 스케치에 열중하고 있었다. 당신의 입에서 뿜어져나온 하얀 입김이 보였다. 당신이 콜라주 작업을 위해 잡지와 신문 광고지와 팸플릿 등에서 오려낸 사진 더미가 탁자 위에 있었다. 가장 위에 놓인 것은 손가락만큼 작은, 납작하게 얼어죽은 뱀이었다. 오늘 나는 양동이에 물을 데워 빨래를 하고 머리를 감았다. 쥐가 집안으로 들어오지 못하도록 우리는 벌어진 문틈에 판자를 덧대놓았다. 거실에 산더미처럼 쌓인 당신의 그림들을 치우자 그 아래에서 감자 바구니가 발견됐다. 나는 상한 감자를 골라냈고 당신은 그것을 정원 한구석 퇴비 더미에 파묻었다. 모든 욕망으로부터 자유로워지고자 하는 욕망으로, 우리는 금식을 시도했다. 침실에서 들려오는 라디오 소리, 사뮈엘 베케트의 라디오극.

겨울 내내, 우리는 거의 매일 숲과 호수로 산책을 나섰다. 호수의 물은 모랫바닥이 그대로 보일 정도로 투명하지만 나날이 검게 어두워졌다. 물속에는 황금색 갈대풀들이 섬처럼 무리지어 있었고 숲의 나무들은 잎을 잃었다. 이제 숲에 들어선 사람은 멀리 호수까지 한눈에 볼 수 있었다. 호수의 수면은 안개로 덮였다. 짧은 햇빛이 비치는 날이면 호수의 물은 맑고 푸른색으로 변하며 흰 구름과 호수 건너편의 풍경이 그대로 선명하게 물속에 담겼다. 저녁이 되자 머리 위로 야생 오리떼가 커다란 V자 형태를 이루며 하늘을 날아갔다. 오리떼들이 사라진 뒤에도 목쉰 울부짖음은 오래오래 우리의 귀에 남았다. 때로 우리는 겨울 호밀밭이 펼쳐진 숲 가장자리까지 갔다. 아주 멀리 호밀밭 가운데 노란색 노루 세 마리가 서 있었다. 노루들과 우리는 멀리서 서로를 지켜보았다. 묽은 잉크와 같은 어둠이 내리기 시작했다. 숲 뒤편으로 석양빛이 섞인 어두운 구름이 덮여 있었다. 들판 가장자리 사냥꾼의 감시대가 구름 속으로 사라지듯 흐릿해져갔다. 풍경은 고요히 얼어붙은 그림 같았다. 그 안에서 우리는 모두 정물이었다. 어떤 소리도 들려오지 않았는데, 갑자기 노루들이 달리기 시작했다. 어둠에 섞여든 안개가 호밀밭 위로 번져갔다. 우리가 안개의 베일을 걸치고 걷는 동안, 노루들은 숲 안쪽으로 사라졌다. 그와 동시에, 우리는 숲안쪽에 있었다. 내가 계속해서 쓰기를 바란다고 당신이 말하는 것이 오래오래 내 귀에 남았다. 하지만, 그래도 우리가 영영 작별하는 건 아니겠지요! 하고 내가 외치듯이 말했다. 갑작스러운 정적이 우리를 둘러쌌다. 우리는 숲안쪽에 있었다. 우리는 발목이 없다. 나무들은 안개의 베일을 걸친 뼈들이었다.

누가 우리에게
자연을 암시하는가

읽고 있던 클로드 시몽을 잠시 밀어두고 FM을 읽기 시작했다. 읽고 있던 FM을 잠시 밀어두고 뒤라스를 읽기 시작했다. 읽고 있던 뒤라스를 잠시 밀어두고 프랑시스 퐁주를 읽기 시작했다. 읽고 있던 프랑시스 퐁주를 잠시 밀어두고 한스 헨리 얀을 읽기 시작했다. 읽고 있던 한스 헨리 얀을 잠시 밀어두고 뒤라스의 다른 책을 읽기 시작했다. 읽고 있던 뒤라스의 다른 책을 잠시 밀어두고 게르하르트 마이어를 읽기 시작했다. 읽고 있던 게르하르트 마이어를 잠시 밀어두고 볼프강 힐데스하이머를 읽기 시작했다. 읽고 있던 볼프강 힐데스하이머를 잠시 밀어두고 클로드 시몽의 다른 책을 읽기 시작했다. 읽고 있던 클로드 시몽을 잠시 밀어두고 FM의 다른 책을 읽기 시작했다. 읽고 있던 FM의 다른 책을 잠시 밀어두고 FM의 또다른 책을 읽기 시작했다…… 최근 몇 주 사이의 일이다. 이 목록과 순서는 정확하지 않다. 왜냐하면 나는 손을 뻗어 임의의 책 한 권을 집어들고, 표지나 작가의 이름은 확인하지 않은 채 한두 페이지를 읽기 시작하고, 그리고 다시 중단하며, 글을 쓰다가, 잠시 뒤에는 내가 읽던 책이 무엇인지 기억하지 못하는 채로 또다른 책을 들고, 어디에선가 벤치에 앉아 이 책을 읽게 되리라는 기대로 설레며 산책을 나서기 때문이다.

베를린 서가의 주인은 지난겨울 한국에 머물 때 게르하르트 마이어를 읽고 있었다. 눈이 내렸다. 나는 글쓰기를 중단하고 싶지 않았으므로 그 홀로 게르하르트 마이어의 책을 들고 산책을 나갔다. 책이 없는 산책이란 신발이 없는 산책보다도 더욱 상상할 수 없는 일이다. 나중에 집으로 돌아온 그는, 산책길 어느 벤치에 앉아 게르하르트 마이어의 『눈의 발라드』 마지막 부분을 끝까지 읽었다고 했다. 남아 있는 페이지가 줄어들수록 슬픔이 그를 채웠다. 그는 책의 마지막 장에 도달하고 싶지 않았다. 그만큼 아름다웠기 때문이다. 그 책은 죽음을 앞둔 한 남자가 병원 침상에서 오랜 친구를 향해 예술과 문학의 아름다움을 좇았던 인생의 산발적 기억들을 담담하게 서술

하는 내레이션으로 이루어졌다. 그 어떤 극적인 드라마도 벌어지지 않는다. 그의 글에서 일관되게 나타나는 특성대로 모놀로그는 매우 길고 테마는 끊임없이 흩어지며, 중심이나 목적지, 결론을 지향하지 않는다. 우리는 그 책에 자주 등장하는 여러 예술가들의 이름과 책, 그리고 장소 들에 잔잔히 열광했다. 둘 다 게르하르트 마이어를 좋아한다는 사실이 우리를 은밀한 눈의 공모자로 만들었다. 베를린 서가의 주인은 자연의 주관적 관찰과 시적 묘사를 중시하는 '네이처 라이팅nature writing' 장르를 사랑하는데—예를 들자면 아달베르트 슈티프터와 같은—아마 마이어에게서 그런 부분을 발견하는 듯했다. 그러나 나는 깃털 이불을 끌어당겨 덮듯이 살그머니 그 책을 집어들었다. 나는 그 책을 좋아하게 될 줄 전혀 모르는 상태에서 그걸 좋아하고 있었다. 아마도 나는 마이어의 글에서 흥분되게 뛰어난 자연의 묘사보다는, 예술에의 열광을 다스리는 청교도적인 수용과 한 발 물러난 전원의 삶과 같은 인상을 더 좋아한 듯하다. 그로 인한 평화의 느낌. 내 자연이 갖지 못한 그것. 그런데 평화는 주관적인 것일까. 중심이나 목적지, 결론을 지향하지 않는다.

"모든 것은 파편이었다." 나는 오늘 이 문장을 하나의 글 안에 두 번이나 써넣었다. "파편을 조심해." 베를린 서가의 주인은 호수의 물속으로 걸어들어가는 내게 말했다. 드문 일이긴 하지만 유릿조각과 같은 위험한 파편이 호수 바닥에 박혀 있을 수도 있기 때문이다. 어느 날 금속탐지기로 무장한 전문 수색원들이 호수 바닥을 샅샅이 뒤지고 있었다. 수영중에 결혼반지를 잃어버린 한 여자가 그들을 고용했다고 한다.

어린 시절, 세 살 네 살 다섯 살이 된 사람은 태어날 때 이 생을 위한 지참금처럼 지니고 온 이미지와 생각을 먹고 살게 된다. 그리하여 예순세 살 예순네 살 예순다섯 살이 된 어느 토요일 강가를 산책하던 한 사람은, 이 강이 북아메리카의 강이라고 단정 짓고 흔들리는 수면의 영롱한 색채를 인디언의 색채인 양 받아들인다. 그러자 그의 환각 속에서 강물을 흘러가는 카누 한 대가 보인다. 카누에는 머리에 오색의 깃털 장식을 두세 개 꽂은 최후의 모히칸족이 타고 있다. 그 광경을 마주한 사람은 시민적 의무를 충실히 수행하며 보낸 지난 수십 년의 세월을 회상한다…… 게르하르트 마이어의 또다른 작품 『죽음의 섬』은 이런 식으로 시작한다. 예순세 살 예순네 살 예순다섯 살이 된 어느 토요일의 강가와도 같은 글. 그날 우리는 문득 창밖을 보았고, 그제서야 눈이 내리고 있음을 알았다. 습기를 머금은 소리들이 엷은 얼음의 날개처럼 내려앉는다. 눈은 가장 고요한 환각이다. 그날 밤 베를린 서가의 주인은 말했다. 자신에게 한국은, 그 무엇보다도 인적 없는 공원의 벤치에 앉아 눈 속에서 게르하르트 마이어의 책을 읽었던 겨울날로 기억될 것이라고.

며칠간 믿을 수 없을 정도로 무더운 날들이 이어졌다. 어제의 기온은 삼십육 도. 오두막의 그늘 아래서는 큰 더위를 느끼지 못하지만 테라스로 나가는 순간 공기는 뜨거운 오븐 속과 같이 덥다. 그리고 정원으로 내려서서 집 앞으로 나가면 그늘 하나 없는 들판 가득 쏟아지는 한여름 햇볕. 무성하게 자라 길을 뒤덮어버린 풀잎들 하나하나가 뜨거운 금속과 같은 열기를 뿜어낸다. 모자 없이 밖으로 나온 나는 아찔한 현기증을 느낀다. 나는 천천히 걷는다. 햇볕에 화상을 입을 것이다. 나는 걸음을 빨리한다. 현기증에 쓰러질 것이다. 허공에는 반짝이는 흰 곰팡이처럼 온갖 종류의 풀씨들이 부유하고 있다. 한없이 부드러운 솜털들이 살갗을 건드리면서 얼굴 근처를 날아다닌다. 대기는 누구의 것인지 알 수 없는 숨결로 가득하다. 지난 겨울이 사라졌듯이 여름 또한 지나갈 것이다. 눈과 마찬가지로 이 모든 풍요로운 감각은 사라질 것이다. 그리하여 예순세 살 예순네 살 예순다섯 살이 된 어느 토요일의 강가에서…… 나는 두 팔로 천천히 원을 그리며 반짝이는 풀씨들을, 살아 있는 빛의 곰팡이를 들이마신다. 당신의 숨을 들이마신다.

오래전부터 쓰고 있던 글을 영영 완성하지 못할 것만 같다고 말했다. 하지만 글을 완성한다니, 그게 무슨 의미일까. 적어도 나는 단 한 번도 그렇게 해본 일이 없다. 처음에 나는 여행에 관한 글을 쓴다고 생각했다. 하지만 글 속에서 여행은 단 한 번도 나오지 않는다. 글 속의 목소리는 단 한 번도 여행을 떠나본 일이 없다고 말한다. (나는 쓴다—이것은 여행에 관한 글일까?) 그다음 나는 정원에 관한 글을 쓴다고 생각했다. 우리가 처음 이 정원에 칩거하여 살기로 결정했을 때, 베를린 서가의 주인은 말했다, 이곳에서 마침내 우리는 각자의 정원에 관한 글을 쓸 수 있을 거라고. 나는 그 생각이 마음에 들었다. 그러나 내가 쓰고 있는 글에 정원은 조금도 나오지 않는다. 글 속의 목소리는 정원에 대해서는 한마디도 하지 않는다. (나는 쓴다—이것은 정원에 관한 글일까?) 베를린 서가의 주인은 종종 내 글이 어느만큼 진척이 되었는지 묻는다. 그러면 나는 항상 대답한다, 나는 그것을 절반쯤 쓴 것 같고—그런데 '그것'이 무엇인지? 전체의 분량이 정해지지 않았으므로 그것은 단 한 문장이든 아니면 백 페이지든 언제나 절반에 머물러 있을 뿐이다—하지만 자꾸 반복해서 다시 쓰는 바람에, 그 이상으로 넘어가지는 못하고 있다고. 게다가 반복해서 다시 쓸 때마다 모든 것은 미묘하게 달라진 새로운 암시의 영향 아래 놓이게 되므로, (그런데 암시라니, 나는 그 단어를 알고 있는 것일까?) 매번 목소리는 글의 처음으로 돌아와 첫번째 문장부터 그것이 다르게 읽히도록 만들어야 한다고. 그런데 이상한 점은, 그럼에도 불구하고 실제로는 단어나 문장이 바뀌지는 않는다는 사실이다. 그러므로 나의 다시-쓰기는 고쳐-쓰기가 아니라고. 나는 마치 나 자신이 쓴 글을, 텍스트가 아니라 목소리를 바꾸어가며, 끊임없이 '나흐디시퉁'하고 있는 것 같다고. 오늘 아침 잠에서 채 깨어나기도 전에 손을 뻗어 침대 가장자리에 있는 책을 집어들었는데, 펼쳐진 페이지에서 눈에 들어온 단어는 '뇌우새Gewittervögel'였다. 그것은 특정 종의 새를 가리키는 이름이 아니다. 뇌우나 폭풍우가 다가오는 것을 울음으로 알리는 새들을 말한다. 내 정원에는 뇌우새가 산다. 그들은 번갈아 끊임없이 불안하게 운다. 그 울음소리와 더불어 비로소 고요해지는 법을 나는 배웠다. 공기 중에 번득이는 이 불안의 기미. 번개가 치기 전 정원의 풀잎들은 떨림을 멈춘다. 수국이 고개를 숙인다. 이제 무슨 일이 일어날지, 모두들 알고 있다.

하지의 저녁, 길고도 느린 구릿빛 그늘이 테라스의 장작더미 위에, 유리구슬에, 거울 조각에, 공작새의 양철 날개 위에 한없이 오래 머문다. 그러다 묽은 어둠이 고이듯이 하지의 밤이 온다. 정원 나무들은 검은 그림자로 우뚝 서 있는데, 하늘에는 빛이 완전히 사라지지 않는다. 하늘의 가장 높은 곳의 구름들은 여전히 선명하게 새파란 빛으로 환하게 반짝인다. 내 잠은 끊임없이 중단된다. 눈을 뜰 때마다 창밖으로 물처럼 흐릿하게 환한 하늘이 보인다. 그때마다 나는 뵈클린의 그림 〈죽음의 섬〉을 생각한다. 새벽 세시, 뇌우도 없이 새들이 운다. 테라스 앞 화단에는 바람에 흔들리는 수국의 그림자. 지금 쓰고 있는 글을 영영 완성하지 못할 거라는 예감이 강해진다. 나는 체념하고, 포기하고, 굴복하고, 인정하고, 마침내 울 것이다. 그리고 눈물과 함께 마지막 문장을 쓸 것이다. 아니, 눈물이 곧 마지막 문장이 될 것이다. 그런데 어떻게 그럴 수 있는지. 나는 잘 울지 않는 아이였기 때문이다. 나는 눈물을 흘리지 않고, 마지막 문장은 영영 나타나지 않는다.

정원에 관한 글을 쓰려고 했으나, 글에 정원은 끝내 나오지 않는다. 목소리는 끝내 정원에 대해서 말하지 않는다. 하지의 밤, 내 잠은 한없이 짧고 간헐적이다. 잠 속에서 나는 읽었고, 그것을 내가 쓴 것이라 잘못 생각하고 있었다. 거기서 언어는 의미도 의미 전달을 위한 수단도 아니었다. 언어는 구축과 연속성을 위해 태어나지 않았다. 언어는 주관적인 촉수, 감각 자체였다. 살아서 퍼덕이는 물고기의 비늘이었다. 그것의 불연속적 광채였다. 나는 잠 속에서 FM을 펼친다. "맥박 치는 하나의 단어가 이른 새벽 물속으로 가라앉았다, 마치 심장처럼…… 그는 내 입술에 하나의 인장을 찍어눌렀다, 내가 그것을 영원히 열(고 싶)지 않도록……" 나는 페이지를 덮고, 다시 잠 속으로 가라앉으며, 잠 속에서, 정원에 관한 내 글을 영원히 완성하지 못하리라고 예감한다. 나의 레인버드, 뇌우새들은 마침내 울 것이다, 눈물 없이.

산책길에 우리는 음악회 포스터를 보았다. 이웃 마을의 교회에서 서머 음악제가 열린다. 튀링겐 바흐 콜레기움 연주. 한 번도 가본 적이 없는 이웃 마을이고 지도상의 거리는 십 킬로미터 정도. 우리는 기분전환 겸 걸어서 음악회에 가보기로 했다. 바흐를 듣고 싶었기 때문이다. 도보로 편도 약 두 시간이 걸린다고 했다. 하지 즈음이라 낮은 하염없이 길었고, 저녁 열 시가 되어도 어두워지지 않았다. 도중에 지치면 카페에 앉아 쉬면서 커피를 마실 수도 있을 거라고 생각했다. 그리고 음악회가 끝난 뒤 다시 같은 길을 걸어서 돌아오기로 했다. 시골 마을이라 버스를 이용하면 더 시간이 걸리고 불편하기 때문이다. 가벼운 옷차림으로 넉넉하게 이른 시간에 우리는 출발했다. 뙤약볕이 내리쬐는 뜨거운 날이었다. 마을의 역 건널목을 지나자 숲으로 이어지는 긴 가로수길이 나왔다. 길에는 흰색에 가까운 흙이 깔려 있었다. 어느새 길가의 집들은 사라지고 우리는 환한 너도밤나무숲을 통과하고 있었다. 빛이 스며드는 숲은 쾌적했다. 그러나 마을의 경계를 이루는 도로를 건너 반대편 숲으로 들어서자 사정이 달라졌다. 숲은 어두워지고, 나무들은 더욱 울창하였으며 길은 점점 좁아지고 걷기 힘들 정도로 풀들이 무성했다. 도중에 카페를 만날 수 있으리란 우리의 기대는 참으로 나이브했던 것으로 드러났다. 우리가 선택한 경로는 오직 숲을 관통하는 길이었고 목적지에 도착할 때까지 단 한 번도 숲을 벗어나지 않았다. 그래서 카페는커녕 단 하나의 벤치도 없었으며, 이곳 건너편의 숲은 깊고 울창한데다 호수로 이어지는 산책로가 아니라서 단 한 사람의 산책자도 만날 수 없었다. 우리는 무릎까지 자라난 풀을 헤치며 걸었고 곧 길을 잃고 말았다. 인적 없고 음습하며 키 큰 나무들의 우듬지가 하늘의 빛을 가리는 바람에 어둡고 무거운 습기가 가득했다. 하지만 우리에게는 계속해서 앞으로 걸어 숲을 빠져나가는 것 이외의 다른 방도가 없었다. 우리의 눈앞에서 노루 한 마리가 나무 사이로 뛰어갔다. 땅을 힘차게 디디는 노루의 발소리와 수풀이 스치는 소리는 빽빽하게 들어찬 육중한 나무들로 둘러싸인 숲속의 빈 공간에서 무시무시할 만큼 크게 울려퍼졌다. 이곳의 숲은 벌목이 덜 이루어진 것 같다고 베를린 서가의 주인이 말했다. 예를 들자면 과거 러시아 군대의 주둔지가 있어서 출입이 제한된 숲이라면 그럴 가능성이 있다는 것이다. 그의 예상은 틀리지 않아서, 숲 한가운데서 우리는 형편없이 낡고 녹슨 차단기를 발견했다. 차량의 통행을 통제하는 용도인데 최소한 수십 년 동안 사용하지 않은 것 같았다. 이 숲에는 무엇이 있었을까? 차단기가 있는 길을 따라가자 놀랍게도 우리의 눈앞에, 마치 정글 속에서 갑자기 솟아오른 앙코르와트처럼, 거대한 콘크리트 폐허가 나타났다. 처음 우리가 마주친 것은 짙은 초록의 나무들 사이로 우뚝 솟은 커다란 굴뚝이었다. 지하 탱크에 연결된 시설물처럼 지표면에 바로 세워진 굴뚝은 낡아서 검은 이끼로 덮였으며 금방이라도 부스러질 듯 녹슨 철제 사다리가 달려 있었다. 굴뚝을 통과하자 뒤편 널찍한 공터에 감옥이나 병영을 연상시키는 커다란 사각형 건물이 있었는데, 그 역시 참혹하게 낡은 폐허였다. 건물 입구는 육중한 시멘트로 막혀 있었고 그것은 더욱 괴기스러운 분위기를 자아냈다. 건물 앞에는 지금은 사용되지 않는 버스 정류장이 있었다. 수십 년 전에는 많은 사람들이 이곳으로 출근해 일했겠지만 무슨 이유에선지 갑자기 폐쇄되어버린 장소. 그사이 정글처럼 무성하게 자란 풀과 식물들이 콘크리트 구조물을 뒤덮었고 이층의 창유리들은 커다란 검은 이빨처럼 깨어졌다. 모든 것이 연기에 그을린 듯 검게 녹슬었다. 움직이는 것은 그 무엇도 없었다. 오직 무섭게 기승을 부리는 모기떼뿐. 커다란 모기들은 손으로 쫓아도 달아나지 않고 계속해서 얼굴과 눈을 향해 덤벼들었다. 팔과 다리가 금세 모기에 물린 자국으로 부풀어올랐다. 하지만 숨막히는 숲의 습기와 사나운 모기보다도 더욱 견디기 힘들었던 것은 전혀 예상치 못하고 맞닥뜨린 그 장소의 암울하고도 위협적인 분위기였다. 또 베를린 서가의 주인이, 어쩌면 이곳은 과거 러시아군의 핵시설이었을지도 몰라, 하면서 겁을 주었기 때문이다. 나중에 알게 된 사실이지만 이 숲속 콘크리트 폐허는 1980년대 초반 세워진 동독의 핵 벙커 시설이었다. 사백여 명을 수용할 수 있는 그 벙커는 당시 최첨단 기술이 동원된 완벽한 핵전쟁 피난처로 알려졌다고 한다. 동과 서 모두 핵전쟁의 공포에 시달리던 냉전시대, '처음에 쏘는 자가 두번째로 죽는다'는 모토가 있던 시대를 나는 기억한다. 그런데 공포가 없던 시대를 우리는 한 번이라도 가져보았던가.

게다가 우리는 조금 전 이미 숲속에서 길을 잃고 헤매다가 수상한 장소와 마주치기도 했다. 철조망으로 둘러쳐진 그곳은 폐기계를 쌓아놓은 하치장처럼 보였고, 조그만 막사 건물에는 사람이 있는 듯 불이 켜져 있었다. 공공시설이 아님은 분명했고 이상하게도 '접근 금지'라는 푯말이 붙어 있었다. 베를린 서가의 주인은 그곳이 소위 '제국시민들Reichsbürger'이 점유한 땅일 가능성이 있다고 말했다. '제국시민들'은 역사상의 독일제국은 사라지지 않았다고 주장하는 극우파 소수단체로, 현재의 독일은 1945년 연합군에 의해 세워진 가설국가 혹은 회사일 뿐이라며 주권국으로 인정하지 않는다. 그들의 말에 따르면 독일에 적대적인 외부 세력의 음모 때문에 자신들의 인식이 억압당하고 있다고 한다. 그들은 스스로를 자력인 혹은 '자연인'이라 부르기도 하며, 국가의 행정명령이나 법원의 결정에 불복하여 무력으로 맞서는 경우도 있다는 것이다.

지금도 나는 기억한다. 오랫동안 음습한 숲속을 헤매던 우리의 눈앞 저멀리에서부터, 우거진 나뭇가지 사이로 환한 빛이 쏟아지는 들판 한 귀퉁이가 나타나던 순간을. 나는 사막에서 신기루를 발견한 사람처럼 그곳으로 걸어갔다. 그리하여 우리의 눈앞에 펼쳐진 것은, 움푹하게 가라앉은 마른 강바닥을 채운, 거의 백색에 가까운 황금빛으로 넘실대는 끝없이 드넓고 우묵한 밀밭이었다. 그 어떤 지도에서도 찾을 수 없는 풍성한 빛이 파도치는, 환한 강물처럼 길고 아득하게 너른 경작지 구덩이였다. 나는 그렇게 너른 밀밭을 본 적이 있었던가. 과거의 군사시설과 현재의 사설 군사시설이 음모처럼 웅크린 짙고 어두운 숲 한가운데서 마법처럼 나타난 드넓은 밀밭. 이것은 무엇에 대한 암시인가. 장소에는 마법적인 힘이 있다고 말하는 우리의 시인 친구 WG의 목소리가 귓가에서 들려왔다. "마법적인 장소들이 있습니다." 우리는 밀밭 가에 앉아 쉬었다. 물병에 한 모금 정도 남은 최후의 물을 나누어 마셨다. 우리는 빛을 호흡하듯이 숨을 쉬었다. 고요했고, 주변에는 그 어떤 거주지의 흔적도, 단 한 명의 사람도 보이지 않았다. 그곳은 마치 인류의 멸망 후 저절로 무르익은 최후의 밀밭을 연상시켰다. 지금껏 이토록 아름다운 밀밭을, 이토록 마음을 건드린 밀밭을 본 적은 없었다. 나는 밀밭의 아름다움에 매혹되었다. 밀밭의 냄새, 밀밭의 풍요로운 빛에 매혹되었다. 빵에 대한 언약이면서 동시에 평화의 반짝임이기도 한 밀밭. 그러므로 밀밭을 태우는 일은 밀밭 이상의 것을 파괴하는 행위이다. 반대로 말하면, 누군가 밀밭 이상의 것을 파괴하고자 하는 자는 밀밭을 태울 것이다. 내가 생각하는 감동과 아름다움의 사물들 중에는 언제나 빵이 들어 있었는데, 빵의 아름다움은 밀밭의 아름다움에서 나왔음을 알게 되었다. 나는 언제까지고 그 자리에 머물고 싶었다. 하지만 우리는 바흐를 듣기 위해서 밀밭길을 따라 계속해서 갔다.

새벽의 책상. 나는 쓰고 있다. 갑자기 바로 눈앞에, 커다란 거미 한 마리가 나타났다가, 스르르 미끄러지듯 다시 위로 사라졌다. 천장을 올려다보자 전등갓에 무수하게 매달려 흔들리는 거미줄 뭉치가 보인다. 아무것도 보지 못한 듯, 고개를 숙이고 나는 계속해서 쓴다. 책을 읽는 것과 같은 방식으로, 나는 여러 개의 글을 동시에 쓰고 있다. 정원과 어머니에 대해서. 그리고 다시 글을 바꾸어 글쓰기와 거미에 대해서. 그리고 다시, 오래전 잊은 편지를 이어서 쓴다. 그것을 완성하지 못하리라는 예감 아래서. 또다시 글을 바꾸어 이번에는 "암시하다"라고 쓴다. 나는 FM의 글에서 "암시하다"란 어휘를 발견하고—*누가 우리에게 자연을 암시하는가, 누가 우리에게 예술을 암시하는가*—그것이 정확히 어떤 의미인지 알기를 원했다. 내 물음에 베를린 서가의 주인은 햇빛이 환하게 비치는 창밖을 가리키며, "지금 비가 내리고 있다"라고 말하는 의미라고 대답한다. (*누가 우리에게 사랑을*……) 암시하다, 느낌을 무엇인가로 향하게 하며 그것의 인상을 불러일으키고 그것을

은연중 믿게 만드는 속삭임. 마침내 그것을 내면에서 유발시키는 속삭임. 그리하여 지금 햇살 가득한 유리창에

첫번째 빗방울이 떨어진다.

최초에 새를 가리킨 여인

최초에 장면이 있다. 커다란 꽃이 피어 있는 어둑한 해질녘의 화단. 나는 왜 그 화단을 항상 거무스름한 빛 속에 잠긴 우물처럼 기억하는가. 나는 오래된 앨범 속 닳아버린 한 장의 흑백 사진을 갖고 있으며, 그늘진 화단에서 찍은 흐릿한 그 사진이 내게 그날의 기억을 암시하기 때문이다. 나는 우물과 화단이 있는 집에서 어린 시절을 보냈기 때문이다. 깊은 우물 안을 내려다보면 거기에는 밤이나 낮이나 먹처럼 투명하고 어두운 빛이 찰랑대며 고여 있었다. 나는 초록 이끼로 뒤덮인 우물에서 초록색 개구리가 튀어나올까봐 두려웠다. 나는 울면서 어느 여인의 손을 잡는데, 그 여인의 뜨끈한 살냄새가 아직도 기억에 남아 있다. 아마도 여름날이었으리라. 여인은 나를 화단으로 이끌고, 카메라의 플래시가 번쩍인다. 여인은 항상 나지막한 목소리로 내게 말을 걸었다. 어느 날부터인가 내가 이해하게 되었던 여인의 말. 여인은 최초의 말과 글을 내 의식 내부로 전달해준 언어의 영매, 미디엄medium이었다. 우리가 바다로 산책을 갈 때, 여인은 종종 노래를 불렀다. 파돗소리와 더불어 바람에 흔들리는 소나무숲의 깊은 술렁임. 짙은 송진냄새. 기이할 정도로 선명하게 남아 있는 최초의 기억은 실제로 아이가 보고 듣고 느낀 감각인지, 아니면 게르하르트 마이어가 썼듯이, 우리가 이미 태어날 때부터 내면에 간직하고 있던 이미지와 생각이 현실 사물에 투영된 현상인지는 알 수 없다. 하지만 분명한 것은, 우리는 일생 동안 그것을 먹고 산다.

베를린 서가의 주인은 말했다. 어린 시절 자신과 동생이 유난히 말을 듣지 않을 때, 그의 어머니는 바닥에 쓰러져 죽은 척했다고. 하지만 그 연극의 효과는 오래가지 못했다. 아이들은 곧 그것이 실제 죽음이 아니라 꾸며낸 행동임을 알아차렸기 때문이다. 또한 그는 증조할머니와의 추억을 간직하고 있다. 증조할머니는 그에게 자신의 증조할머니의 놀라운 일화를 들려주었다고 한다. 증조할머니의 증조할머니는 착오로 사망 진단을 받고 묘지로 옮겨졌다. 하지만 그날 밤 묘지에서 정신을 차렸고, 한밤중에 맨발로 먼길을 걸어서 집으로 돌아와 문을 두드렸다고 한다. 여기서 증조할머니의 증조할머니가 돌아왔다는 집이란 베를린 서가의 주인이 태어나서 자란 바로 그 집이다. 문 두드리는 소리에 증조할머니의 증조할아버지가 나가서 문을 열었고, 죽었다고 믿은 아내의 모습을 발견하자 너무 놀란 나머지 그 자리에서 심장마비를 일으켜 죽어버렸다고 한다. 하지만 증조할머니의 증조할머니는 이후로도 십여 년간 더 살면서 농장을 꾸려갔다는 것이다.

베를린 서가의 주인은 몇 년 전부터 라디오극을 위한 텍스트 작업을 하고 있었는데, 그것은 자신의 어린 시절을 바탕으로 한 자전적인 내용이다. 제목인 '기억과 욕망을 뒤섞어Mixing Memory and Desire'는 T. S. 엘리엇의 시 「황무지」의 도입부에서 빌려왔다. 2022년 봄, 슈투트가르트의 방송국 스튜디오에서 편집을 마친 그 작품은 얼마 전에 최초로 SWR(남서독일라디오)에서 방송되었다. 책 전체를 읽어주는 오디오북과는 달리 라디오극은 '청각 공연'이라고 할 수 있을 만큼 연출과 대본, 사운드 아트의 역할이 중요하다. 라디오극을 들을 때마다 나는 인간의 목소리가 사운드 아트의 정점에 있음을, 그리고 그것을 예술로 만들어주는 것은 곧 언어임을 자주 깨닫는다. 독일은 다수의 라디오극이 만들어지는 라디오극의 나라라고 할 수 있다. 하지만 음악이나 영화, 문학 등 기타 예술과 달리 라디오극이 유난히 국경을 넘기 힘든 것은, 원래의 형태로 온전히 번역하기가 어렵고 자막 등의 도움을 받기도 어렵기 때문일 것이다. 라디오극의 번역을 영화 더빙과 비교할 수 있으리라. 그러나 시각적 효과의 비중이 큰 영화와 달리 라디오극의 생명은 배우의 목소리와 언어, 텍스트를 말하는 톤과 리듬, 조화와 음악성의 발현, 그 모두를 정밀하게 통제하는 감독의 연출이다. 그러므로 라디오극을 다른 언어로 번역하여 다시 녹음한다면 텍스트와 사운드 효과를 그대로 가져온다고 해도 같은 작품이라고 보기는 어렵다. 그래서 아마도 라디오극은, 특히 그것이 포에틱 장르일 경우, 언어적 국경을 넘기 가장 힘든 예술일 것이다. 라디오극의 텍스트를 읽는 것과 라디오극을 듣는 것은 근본적으로 완전히 다른 종류의 예술적 체험이다. 하지만 나는 모든 문장을 이해하지는 못하면서도 라디오극 자체를 즐기는 법을 조금씩 배우기 시작했다. 그것은 자주 언어와 목소리로 표현되는 텍스트—퍼포먼스—음악이나 마찬가지이기 때문이다.

영화와 라디오극의 경계에 있는 대표적인 작품으로, 데릭 저먼 감독의 마지막 영화 〈블루〉가 있다. 영화의 시작부터 끝까지 화면에는 오직 푸른색 바탕만이 나타난다. 이 영화를 만들 당시 데릭 저먼은 에이즈가 심해져서 거의 시력을 상실한 상태였다. 그는 오직 내면의 눈으로 보아야만 했다. 또한 데릭 저먼은 우리의 관심사인 정원의 영감과 무관하지 않다. 에이즈 진단을 받은 직후 그는 영국 켄트주 해안 던저니스Dungeness곶의 한 오두막을 사서 물에 떠내려온 나무, 해변에서 주워온 부싯돌, 녹슨 쇠붙이 등을 이용하여 그곳에 특별한 형태의 정원을 가꾸었다. 그 고장에는 두 개의 핵발전소가 있었고 토양은 식물의 재배에 적합하지 않았다. 하필이면 그런 장소에 정원을 가꾸기로 그는 결심했다. 황량한 메마름이 자신을 사로잡았다고, 그는 썼다. 그의 정원에서는 핵발전소가 바로 내다보였다. 마치 세상의 끝과 같은 그 풍경 속에서 그의 정원은 생명을 향한 생명체의 몸부림을 상징했다. 그곳은 마법적인 장소였다. 크고 화려하고 짙은 보랏빛 바다케일, 크람베 마리티마Crambe maritima. 그의 정원 책을 펼쳤을 때 내 눈에 가장 먼저 들어온 식물이다. 그 지역은 영국에서 가장 많은 바다케일이 자라는 곳이다. 하지만 원래는 식용인 바다케일은 내부에 방사능을 가장 많이 축적하는 식물이라고 한다. 〈블루〉가 초연된 지 얼마 지나지 않아 데릭 저먼은 죽었다. 그는 썼다: 해병들이 노래를 부르며 지나간다. 오늘도 우체부는 미소와 함께 묵직한 편지 다발을 건넨다. 세계 각지로부터 온 편지이다.

수신인 주소는 대개 그냥 '던저니스곶의 데릭'이라고 적혔을 뿐이다. 모두 내 건강과 행복을 바란다는 내용이다. 나는 건강하고 행복하다. 최근 몇 년간은 고통도 거의 없이 충만한 친밀감 속에서 축복과 같은 최고의 시간을 보냈다. 정원은 겟세마네 동산과 에덴이었다. 나는 평화롭다I am at peace.*

한동안 냉랭한 여름날이 이어졌다. 나는 그늘진 오두막 안에서 나오지 않으면서 담요를 뒤집어쓴 채 책상 앞에 앉아 있었다. 구름이 몰려오면서 바람이 불고 나무들은 일제히 이파리를 떨며 몸서리쳤다. 정원 전체가 몸서리를 쳤다. 집안에서 춥다고 느끼면, 일단 겉옷을 걸치고 산책을 나가야 한다고 베를린 서가의 주인이 말했다. 그의 아버지로부터의 가르침이라고 했다. 춥다고 느끼면 산책을 하거나, 정원에 나가 몸을 움직이는 일을 해야 한다고 말이다. 최대한 공기와 몸을 마찰시켜야 한다고. 그러면 추위가 사라진다. 가만히 움직이지 않고 있으면 더욱 추워질 뿐이다. 늦은 오후가 되자 구름 사이로 태양이 비쳤고 우리는 산책을 가기로 했다. 시골 생활은 단조롭

* Derek Jarman, *Derek Jarman's Garden*, Thames and Hudson, 1995.

다. 변하는 것은 거의 없고, 풍경은 느리다. 화려하고 강한 즐거움이 없다. 분주하거나 초조하게 만드는 자극도 없다. 그래서 마치 한 달이, 일 년이, 마침내는 아마도 일생이, 오직 하나의 문장이 반복되는 한 권의 책처럼 그렇게 흘러가는지도 모르겠다. "내가 읽기를 배우지 않았더라면". 최근에 읽은 FM의 글이 떠오른다. "내가 읽기를 배우지 않았더라면 지금 얼마나 불행할 것인가." 왜 불행한지 알 수 없을, 이해하기 힘든 불행. 나는 내가 최초로 읽었을 글이나 책을 떠올려보려 하지만 그것은 이미 까마득히 오래전 기억의 저편으로 사라진 다음이다. 내 최초의 말도 마찬가지이다. 남아 있는 것은 오직, 회색 여름 스커트를 입고 있던 여인의 부드러운 허벅지에 매달렸다는 것, 맨드라미가 피어 있었다는 것, 천천히 눈꺼풀을 내리며 눈을 감는 여인의 얼굴뿐이다.

저녁이 가까운데다 더운 날도 아니어서 호숫가에는 평소와는 달리 사람이 거의 없었다. 우리는 늘 하던 대로 물에서 가까운 백양나무 아래 모래사장에 매트를 펴고 앉아 책을 읽었다. 바람이 불 때마다 가벼운 금속성으로 찰랑이는 나뭇잎들의 소리. 번잡함과 소란스러운 절정이 사라진 서늘한 석양의 호숫가. 공기에 몸을 어느 정도 식힌 우리는 옷을 벗은 다음 천천히 물속으로 들어갔다. 물은 예상외로 차갑지 않았다. 바닥까지 비쳐 보이는 투명한 물속에서 손가락만한 물고기들이 빠르게 헤엄치며 우리의 다리 사이를 지나갔다. 호수 건너편 우리의 정면에서 해가 지고 있었다. 우리는 수평선에 걸린 태양을 향해 똑바로 헤엄쳐갔다. 일몰의 햇살이 우리의 눈을 멀게 했다. 하루의 마지막 빛이 호수의 수면 위에 기다란 금빛 섬으로 응축되어 가만히 출렁였다. 우리도 그 안에서 빛의 일부가 되었다. 물닭들이 그 빛을 부수며 눈앞을 가로질러갔다. 장밋빛으로 물든 구름의 테두리가 반짝였다. 나는 물이 내 몸을 들어올리는 것을 느끼며 천천히 팔을 저었다. 베를린 서가의 주인은 느리게 수영하는 사람이지만 어느새 붉은 석양빛 속으로 멀어져가고 있었다. 호수는 잔잔했다. 바람이 불어올 때마다 수면에는 미세한 잔물결이 멀리 퍼져나갔다. 나는 불행에 대해 생각했다. 생각은 긴 여운을 남기며 물위로 퍼져나갔다가 어느새 다시 되돌아오곤 했다. 상실을 겪거나 배반당하거나 어리석은 결정을 내려 수치스러울 때면 나는 책상으로 가서 읽거나 쓰면서 마음을 달랠 것이다. 삶을 바꾸고 싶을 때, 다른 삶을 간절히 원할 때도 마찬가지다. 그러면 언젠가, 한 시간쯤 뒤에 혹은 몇 년의 세월이 흐른 다음에는, 반드시 기분이 다시 좋아질 것이다. 나는 빛으로 이루어진 하나의 섬을 갖는다. 하나의 오두막을, 하나의 정원을 갖는다. 멀리 떨어진 곳에서 나는 그것을 바라보며 평화를 느낀다. 물이 나를 들어올리듯이 그것이 나를 들어올리고 있음을 느낀다. 녹색의 덩어리처럼 보이는 수초들이 무리를 지어 내 눈앞으로 가까이 떠밀려왔다. 수초를 삼키지 않으려고 고개를 돌리던 나는 호흡의 리듬을 잃고 허우적대다 곧 기운이 빠지며 물속으로 가라앉았다. 마지막으로 내 눈에 들어온 것은 희고 뾰쪽한 잎새를 바람에 나부끼는 호숫가의 흰 버드나무들이다. 바람이 불 때마다 무수한 흰빛의 농담으로 반짝이는 버드나무들은 얼마나 아름다운지. 얼마나 아름다운지. 나는 두렵지 않았다. 호수는 깊지 않아서 조금만 헤엄치면 낮은 곳에 다다른다는 것을 잘 알기 때문이다. 베를린 서가의 주인에게 수영은 운동이나 놀이가 아니라 어느 정도는 규칙적인 명상에 가깝다. 나는 이 사실을 아주 많은 시간이 지난 다음에야 비로소 느꼈다. 그는 물속에 오래 머물지 않는다. 하지만 물과의 규칙적인 접촉은 자신의 영혼을 위해서 반드시 필요하다고 주장한다. 물에 들어가기 전과 물속에서, 그리고 나온 다음의 행위가 매번 정해진 듯이 같은데, 거의 의례적이라는 인상을 준다. 예를 들자면 물에 들어가기 전과 나온 다음에는 반드시 일정 시간을 들여 책을 읽는다. 항상 자신의 궤도를 따라 헤엄친다. 그에게 수영은 야영과 마찬가지로 당연히 자연 속에서의 활동이므로 실내 수영장은—적어도 그의 영혼과 관련해서는—처음부터 고려 대상이 아니다.

길가 사과나무의 사과가 익었다. 조약돌만한 작은 사과이다. 우리는 산책길에 사과를 따 먹는다. 붉은색과 녹색이 섞인 사과는 새가 한두 번 쪼아먹은 흔적이 있고 단맛은 거의 없이 단단하고 떫고 시큼하다. 보라색 자두는 아직 완전히 익지 않았다. 고요히 펼쳐진 황금색 밀밭 위로 커다란 검은 그림자가 마치 깃발처럼 움직이고 있다. 그것은 밀밭 가장자리에서 거대한 날개를 돌리고 있는 풍력발전기이다. 호수에서 돌아오며 밀밭을 지날 때마다 베를린 서가의 주인은 한동안 걸음을 멈춘다. 들판의 풀과 밀밭의 냄새, 여름의 태양 아래서 뜨끈하게 발효되는 건초 냄새, 벌과 흙과 야생사과의 냄새. 그는 깊게 호흡하며 밀밭을 향해 커다랗게 소리친다. "그래 바로 이 냄새였어!" 라디오극 감독인 베를린 서가의 주인은, 극적인 순간을 암시하는 바로 그런 목소리로 외친다. 밀밭이 출렁이며 그의 목소리가 메아리친다. "바로 이 냄새였어!" 앞으로 해가 바뀌고 우리가 여기 더이상 없게 되더라도, 밀밭에 남아 있는 목소리는 해마다 밀이 익는 시기마다 바람의 방향에 따라 이렇게 메아리칠 것만 같았다.

집 앞의 풀밭에는 불그스름한 이삭을 매단 풀이 무리를 지어 피어 있었다. 황금색이거나 초록색인 다른 풀들 사이에서 그 풀의 붉은색은 쉽게 눈에 띄었다. 베를린 서가의 주인은 그 풀을 '자우어암퍼Sauerampfer'라고 불렀다. 신맛이 나는 풀이라는 뜻이다. 나는 그것을 '식초풀'이라고 부른다(학명도 루멕스 아세토사Rumex acetosa). 그는 실제로 내게 자우어암퍼의 이파리를 뜯어서 맛보게 했는데, 첫맛은 부드럽고 고소했지만 곧 레몬처럼 신맛이 났고 씹을수록 그 맛은 점점 강해졌다. 우리는 이것을 수프나 샐러드에 레몬 대신 넣어 먹을 수도 있어, 하고 그가 말했다. 가까이서 보니 내가 이삭이라고 생각했던 붉은 부분은 이삭이 아닌 꽃이었다. 7월이 되면서 풀밭의 색채가 마치 가을날 막 단풍이 들기 시작하는 숲처럼 은은하게 붉은색을 띠는 것은 자우어암퍼 때문이다. 자우어암퍼의 붉은 꽃송이가 이삭처럼 작기 때문에, 햇빛을 받아 반짝이는 은백색의 풀씨들 사이로 언뜻언뜻 보이는 불그스름한 농담은 색채 자체가 아니라 색채의 여운, 색채의 암시와도 같이 느껴진다. 자우어암퍼는 생존력과 번식력이 매우 강한 잡초인데 가축의 먹이가 될 건초용 풀을 풀밭에서 몰아내버릴 정도이므로 농부들에게는 반갑지 않은 종이다. 그런데 자우어암퍼는 몇몇 나비종 애벌레의 먹이이기도 하다. 정말 신비한 두 개의 초록색 날개를 가진 알프스 초록나방의 애벌레는 단 두 종의 식물만을 먹는 것으로 알려졌는데, 자우어암퍼도 그중 하나이다. 자우어암퍼 이외에 우리의 눈길을 사로잡은 식물은 히스였다. 오래전 그 이름을 『폭풍의 언덕』이나 『제인 에어』 같은 소설에서 읽은 이후, 오랫동안 히스는 내게 황무지의 상징이었다. 그러나 이 마을의 히스는 황무지가 아닌 어느 건물의 화단을 장식하고 있었다. 가까이 들여다보자 진보랏빛 히스 관목 사이에 엄청난 수의 뒤영벌이 잉잉거리고 있었다. 베를린 서가의 주인은 우리의 정원에 히스를 심자고 했다. 아마도 히스는 척박하고 그늘진 모래땅에서도 잘 자라날 것이다. 상상해봐, 정원이 히스 벌판으로 변하는 광경을! 하지만 나는 정원 중앙의 흙을 살짝 갈고 밀과 자우어암퍼의 씨를 뿌리고 싶다고 말했다. 정말로 정원에서 밀이 자란다면 얼마나 아름답고도 놀라운 일인가. 그것은 마치 금빛의 섬처럼 보일 것이다. 지금까지 우리는 이런 대화를 얼마나 자주 나누었는지 모른다. 하지만 실제로는 한 번도 시도해보지 못했다. 며칠 전에 살펴본 우리의 루핀은 흔적도 없이 말라 죽었으며, 테라스의 민트 화분에 물을 주는 일조차도 나는 오랫동안 까맣게 잊고 있었다.

냉랭한 여름날 사이사이 간혹 갑작스러운 무더위가 있다. 수은주는 삼십팔 도로 올라갔다. 우리는 테라스 각자의 자리에서 오후 내내 말없이 읽거나 쓴다. 혹은 말없이 가만히 앉아 생각에 잠긴다. 울타리의 키 큰 나무들은 정원을 향해서 가지를 느슨하게 기울인 자세로 서 있다. 초록의 궁륭 사이로 날카롭게 절단된 빛이 떨어진다. 녹아내릴 듯 나른하고 고요한 여름 한낮. 여름의 대기는 보이지 않는 매미의 날개처럼 엷게 떨린다. 하지만 이곳에는 매미가 살지 않는다. 대신 레몬나비라고 불리는 노란 나비 두 마리가 정원을 날아다닌다. 내 기억은 어떤 최초의 순간을 향해 미지근한 강물을 거슬러간다. 내가 깃든 아이의 몸을 실제로 느낄 때까지. 그 몸이 이곳과는 다른 여름을, 다른 햇살을 실제로 피부에 느낄 때까지. 날카로운 매미 소리가 있었을까? 몸을 들어올리는 물과 같은 여인. 여인이 언제 죽었는지 나는 알지 못한다. 나는 여인의 장례식에 가지 않았다. 오직 내면의 눈으로 보게 되는 비전. 물가를 걸어가는 사람들의 뒷모습이 있다. 비록 얼굴을 확인할 수는 없지만 나는 그들을 안다는 생각이 든다. 나는 오래전 그들을 알았고, 그들의 몸 가까이에 있었다. 나는 그들의 몸과 모종의 관계에 의해 연결된 상태였으며 나는 몸으로 그것을 느낀다. 나는 두려움 없이 홀로 그들의 뒤를 따른다. 누군가 노래를 부른다. 내 최초의 언어였을 그 노래는 누구의 입에서 나왔을까. 내가 알지 못하는 그 노래를, 언젠가 나도 부르게 될까. 파돗

소리와 더불어 바람에 흔들리는 소나무숲의 깊은 술렁임. 아직도 사라지지 않고 내 곁에 머무는 짙은 송진냄새.

〈기억과 욕망을 뒤섞어〉에서 베를린 서가의 주인은 썼다. 어린 시절, 사물의 모습과 소리를 동시에 하나로 인식하는 최초의 체험이 있었고, 소리는 실체와 합쳐지며, 그 이후 자신의 의식세계가 펼쳐지기 시작했노라고. 아이에게 새로운 세계를 열어 보인 것은 증조할머니였다. 증조할머니는 손으로 새를 가리키며

"새"라고 말했고

커다란 전나무를 가리키며

"나무"라고 말했다.

그 나무에는 죽은 조상들의 생몰연도와 이름을 적은 '망자의 판자'가 못박혀 있었다. 망자의 판자에 적힌 이름들이 아이가 최초로 읽은 글자였다.

가축의 도살이 있으면 아이는 농가 마당을 흐르는 피를 보았다. 노루와 토끼와 꿩의 피처럼, 소나 돼지는 말할 것도 없고, 오리나 닭 또는 비둘기의 피처럼, 아이의 몸에서도 그런 피가 흘러나올 것인가. 아이의 아버지는 사냥꾼이기도 했다. 어느 날 숲에서 도끼가 미끄러지며 아이의 발을 스쳤고, 처음

에 아이는 알지 못했다. 그것이 도끼가 흘린 피인지, 아니면 나무가 흘린 피인지, 아이는 아무것도 알지 못했다. 아이의 눈에 새빨간 것이 들어왔고, 아이의 입에서 비명이 터져나왔다.

아프다, 이게 바로 나야!

아이가 태어나고 삼 년 후에 증조할머니가 죽었다. 아이는 눈물을 흘렸다. 그것은 아이가 겪은 최초의 죽음이었다. 망자의 판자에 증조할머니의 이름이 새로이 적혔다. 그날 밤 아이는 잠들지 못하고 귀를 기울였다. 혹시 증조할머니의 증조할머니처럼, 증조할머니의 죽음 역시 착오였으며, 그래서 묘지에서 깨어나 집으로 되돌아오는 건 아닐까. 하지만 그런 일은 일어나지 않았다. 아이는 밤하늘의 별들을 올려다보았으며, 거기서 입을 벌린 까마득한 심연을 발견했다고 생각했다. 삶에는 가공할 만한 어둠이 숨어 있다는 것을, 아이는 그때 최초로 예감하게 되었다.

내가 가진 넝마를 팔고

8월이 되었다. 검은 산딸기가 익기 시작하는 때이다. 우리는 8월을 맞이한 기념으로 포크너의 〈8월의 빛〉 라디오극을 들었다. 마을 입구 길가에는 다 익은 사과들이 사과나무에서 떨어져 풀숲에 쌓이고 그곳을 지날 때마다 바닥에서 짓이겨진 과육이 부패하는 달콤한 냄새가 가득하다. 프리드리히 실러는 항상 사과를 서랍 속에 두고 일부러 썩힌 다음 그 냄새를 맡으며 창작의 자극을 구했다고 베를린 서가의 주인은 말했다. 나도 그 일화를 책에서 읽어 알고 있었다. 과거 번역을 시작한 지 얼마 되지 않았을 때 독일어 공부와 번역 훈련에 도움이 될 거라고 (잘못) 생각하는 바람에 아동 청소년 인문서를 몇 권 번역했고 그때 접했던 내용이다. 그 책은 역사상 유명한 작가들의 독특한 글쓰기 방법에 대해 소개하고 있었지만 나는 그 내용이나 방식에 그다지 설득되지 못한 상태로 번역을 마쳤다. 아마도 내가 그 책이 애초에 겨냥한 독자층보다 훨씬 나이가 많았기 때문인지도 모른다. 번역 행위에 회의가 느껴지는 순간은 내가 사로잡히지 못한 텍스트를 옮겨야 할 때였다. 심지어 그 텍스트에 대한 역자 후기를 써야 할 때는 회의감이 극에 달했다. 프로페셔널한 번역가라면 언어의 전이 그 자체에 집중할 줄 알고 그것을 이루어냄으로써 성취감을 느끼겠지만 나는 그와는 거리가 멀었다. 그런 점에서 나는 단 한 번도 프로페셔널한 번역가였던 적이 없다. 나는 오직 번역을 시도하는 독자였을 뿐이다. 그 사실을 충분히 깨닫고 있었지만 마치 열병과 같은 모종의 욕망에 사로잡혀 나는 번역을 계속했다. 초반의 청소년 인문서 번역은 내 기대와는 달리 독일어 번역 훈련에 전혀 도움이 되지 않았다. 도리어 그럼으로써 내 번역 언어가 서서히 인문서의 언어로 동질화된다는 느낌을 받았는데 그건 결코 내 바람도 기쁨도 아니었다. 그래서 어느 날, 나는 엄청나게 무모한 용기를 내어 마르틴 발저의 신간 소설 『불안의 꽃』 번역을 기획하게 되었다. 그전에 한 번도 본격적인 문학작품을 번역해본 경험이 없던 나에게 당시 발저의 언어는 너무도 현란해 보였다. 그때 내 심장은 얼마나 떨렸던가. 마치 화산의 분화구로 뛰어들어가려는 사람처럼. 그런데 나는 원래 용감한 기질이 아니었으므로 더욱 겁이 났다. 나는 내가 결코 해내지 못할 것을 잘 알았고, 참혹하게 실패할 것을 분명하게 예감했다. 하지만 그때 내 안에서 나 자신을 향한 속삭임이 들렸다. '네가 정말로 재가 되어버려야 한다면, 그게 지금이면 안 될 이유가 무엇인가.'

(아니 그것은, 내가 아니라 당신이 내게 속삭인 말이었던가.)

이후 나는 똑같은 말을 자신에게 속삭일 기회가 몇 번이나 더 있었다. 네가 정말로 재가 되어버려야 한다면, 그게 지금이면 안 될 이유가 무엇인가. 어떤 파국적인 결정을 내려야 할 때 나는 주문처럼 그렇게 속삭인다. 하지만 십여 년 이상 열정적으로 매달리던 번역을 지난해 갑자기 그만두기로 마음먹은 것은 파국적인 결정이라고 말할 수 없다. 나는 시작할 때와 마찬가지로 급작스럽게 번역과 작별하게 되었다. 스스로도 예상하지 못했던 마음의 변화가 찾아왔던 것이다. 그게 지금이면 안 될 이유가 무엇인가. 『불안의 꽃』에서 본격적으로 시작된 내 번역서의 리스트는 아글라야 페터라니의 『아이는 왜 폴렌타 속에서 끓는가』에서 끝난다. 페터라니의 책은 처음 읽은 이후부터 언젠가 꼭 번역해보고 싶었기에, 그동안 출판사를 찾지 못하다가 다행히도 실험적인 작품에 호의적인 출판사와 편집자를 만나 훌륭한 시리즈의 한 권으로 출간된 것은 무척 기쁘게 생각한다. 만약 최후의 순간에 그 출판사를 찾지 못했다면 아마도 그 작품은 번역되지 못했을 것이다.

아글라야 페터라니는 취리히에서 생을 마쳤는데, 몇 년 전 나는 취리히에서 반년 동안 지냈고, 바닥에 가라앉은 듯한 기나긴 침울한 시간과 몇몇 환희로운 일들을 모두 경험했다. 그리고 며칠 전 나는 취리히에서 한 통의 메일을 받았다. J로부터 온 메일이었다. 우리는 한 번도 만난 일은 없지만 서로를 잘 아는 공동의 친구 덕분에 편지로 연결되었다. 나는 취리히에 대해 "모두가 모두를 최소한 어느 정도 알고 있는 도시"라는 인상을 받았고, 그건 내 착각이나 과장만은 아니라고 생각한다. J는 썼다. "당신이 취리히에서 살았다니, 아마도 우리는 최소한 한두 번은 거리에서 스쳐지나갔을 것이 분명합니다." 그의 말이 맞는다. 취리히의 거리에서는 모두가 모두를 스쳐지나간다. 특히 전차 노선들이 수없이 겹치는 중앙역 근처나 림마트 강변 거리에서는. 우리는 그곳에서 브루노 간츠와 스쳐지나가기도 했다. 당시에 이미 병이 깊은 상태로 보여서 베를린 서가의 주인이 브루노 간츠라고 알려주지 않았다면 나는 알아보지 못했을 것이다. 취리히에 사는 친구를 만난 우리는 제임스 조이스가 자주 들렀다는 식당으로 셋이 함께 가서 커피를 마셨다. 그 식당은 물가가 높은 취리히에서도 엄청나게 비싼 식당으로 유명하기 때문에 커피와 케이크 이상을 주문할 엄두는 내지 못했다. 우리가 앉은 자리 위 벽에는 피카소가 그려서 식당에 선물했다고 알려진 그림이 걸려 있었다. 베를린 서가의 주인은 말하기를, 조이스가 죽은 뒤 식당측은 홀로 남은 조이스의 아내에게 일생 동안 그 식당에서 매일 점심을 먹을 수 있도록 배려했다고 한다. 취리히의 도심 곳곳에는 우리가 아는 예술가들의 흔적이 남아 있었다. 우리는 아르놀트 뵈클린의 화실(현재는 젊은 예술가들의 작업장 겸 레지던스로 활용되고 있다)과 게르마니아 언덕 위에 홀로 서 있는 게오르그 뷔히너의 묘석, 우연히도 우리가 살던 집 근처에 있던 엘리아스 카네티의 마지막 거주지를 찾았다. 베를린 서가의 주인은 취리히를 방문할 때마다 늘 카네티를 읽곤 했다. 그는 카네티의 소설보다는 사색의 기록들을 더 좋아했다. 하지만 나는 무엇보다도 친구와 취리히의 한 묘지를 산책하다가 그야말로 우연히 요하나 슈피리의 이름을 발견한 날을 잊을 수 없다. 친구가 물었다, 혹시 어린 시절에 『하이디』를 읽었는지. 아마 적어도 백 번은 읽었을 거라고 나는 대답했다. J는 썼다. "내년

초 베를린 영화제에 간다면 당신을 만날 수 있기를." 하지만 내년 베를린 영화제 기간에 나는 베를린에 없을 것이다.

산책길 들판에서 우리는 두 마리의 황새를 보았다. 검은 부채와 같은 꼬리에 온몸이 흰빛인 황새는 좀 떨어진 거리에서 서로 마주보고 서 있다가, 한 걸음씩 서로를 향해 다가가는 중이었다. 마치 동작이 절제된 느린 춤처럼. 풀들이 듬성듬성 자란 들판은 자우어암퍼의 무리가 불그스름한 섬처럼 흩어졌고 맥문동과 비슷하게 생긴 보랏빛 꽃들이 피어 있었다. 햇빛이 뜨거운 날들이 이어지고 있었다. 우리는 마을의 이탈리안 빵집 겸 카페에서 바게트 모양의 빵과 양귀비씨가 뿌려진 둥근 빵을 샀다. 빵은 우유와 버터가 들어간 듯 부드러우면서 맛이 좋다. 우리는 빵에 올리브오일을 듬뿍 뿌리고 민트 잎을 올려 구운 야채 샐러드와 함께 테라스에서 아침을 먹는다. 오븐에서 살짝 데워낸 빵은 껍질이 파삭하고 속은 따뜻하고 촉촉하며 한 입 베어물면 밀의 향기와 더불어 쫄깃하고 탄력 있는 감촉이 느껴진다. 그리고 씹을수록 진해지는 곡물 특유의 은은한 단맛. 8월의 아침 공기는 꿀빛으로 뜨끈하며 투야나무 울타리 뒤에서 어른거리며 번득이는 햇살. 우리는 서로에게 말한다, 한 잔의 커피, 그리고 따뜻하게 구운 아침의 빵을 누린다는 것은 얼마나 큰 행복인지. 태양이 떠오를수록 공기 중의 축축한 흙냄새는 강해진다. 신발 속에서 발바닥을 간질이는 모래 알갱이들, 나른하면서도 살짝 정체를 알 수 없는 긴장감이 있는 8월의 대기, 마을 교회당의 종소리, 지난밤 꿈에 우리는 바로 이런 풍경을 보고 느꼈던 걸까. 오후에는 설탕 대신 초콜릿을 넣은 쿠키를 굽기로 한다. 나는 책의 마지막 페이지로 다가가기를 두려워하며, 최대한 천천히 페이지를 넘긴다……

우체국에 다녀오는 길에 베를린 서가의 주인이 말했다, 자신은 우체국에 편지를 부치고 난 후 커다란 안도와 행복감을 느낀다고. 해야 할 일을 완수했다는 느낌 이상의 어떤 두근거림, 자신의 손으로 쓴 무엇이 실제로 상대방에게 가닿기까지 기다림으로 채워질 앞으로의 며칠을 생각한다고. 취리히에 사는 한 친구는 얼마 전 내게 구식 타자기로 친 편지를 보내왔다. 친구는 그 타자기를 작년 한 벼룩시장에서 발견했다고 한다. 친구는 스위스 쥐라주州의 오두막 작업실에 머물고 있었는데, 번개가 치는 바람에 일주일 동안이나 전기가 끊겼다. 그 일로 친구는 타자기 앞에 앉아 편지를 쓰게 되었다고 했다. "FM이 죽은 지 벌써 일 년이 흘렀구나……" 하고 친구의 편지는 시작되었다. FM은 다른 누구와도 나누지 못하는 우리의 한 접점이었다. "그날도 어쩌면 우리는 FM을 읽었을지도 모르지." 어느새 일 년. 나는 한 잔의 커피 그리고 따뜻하게 구운 아침의 빵과 함께 항상 식탁에 놓이는 FM의 책을 생각한다. 나 역시 오두막에 있는 낡은 타자기로 답장을 썼다. 『작별들』의 마지막 페이지에 이르는 것이 두려워 최후의 몇 장을 남겨두고 읽기를 중단해버렸노라고, 그 책은 마치 예언 같았다고. WG 역시 우리에게 늘 구식 타자기로 친 편지를 보내는 친구이다. 그는 컴퓨터를 갖고 있지 않기 때문이다. 그는 몇 통의 엽서와 콜라주한 신문 잡지 등의 자료를 한꺼번에 커다란 봉투에 담아 보낸다. 그의 언어는 점점 다층적으로 울려퍼지는 오르간 음악처럼 상승한다. 얼마 전 베를린 서가의 주인과 그는 긴 통화를 했다. '아우라'에 관해서였다. 나는 문틈으로 대화의 몇몇 파편을, 오직 파편으로만, 엿들었다.

어느 날 베를린 서가의 주인이 말했다. 정원에서 낭독회를 해보려고 한다고. 나는 태연한 척했지만 속으로는 놀랐다. 어떻게 그런 생각이 가능한가? 여러 가지 이유로 우리의 정원 오두막은 손님을 맞을 만한 장소가 아니라고 믿었기 때문이다. 게다가 우리는 모든 종류의 도시적 생태와 번잡한 관계에서 벗어나 오직 글을 쓰기 위해 이곳에 머무는 것이 아니던가. 하지만 베를린 서가의 주인은 걱정할 필요가 없다는 입장이었다. 그가 말하는 낭독회란 마을의 유일한 서점에서 주관하는 '피크닉 낭독회'란 이름의 여름 행사였다. 이 인근 마을에 거주하는 작가나 예술가들이 주말 하루 자신의 정원을 개방하여 간단한 낭독회를 열고 참석자들은 음식과 음료수가 든 바구니를 가지고 그곳에 모여 각자 피크닉을 하면서 행사를 즐기자는 취지였다. 물론 피크닉 매트나 간이의자 등 자신이 앉을 채비도 해 오는 것이 원칙이므로 행사의 당사자는 방문객을 위해서 정원만 제공할 뿐 다른 준비는 필요가 없다는 것이다. 마치 우리가 오직 교회에서 연주되는 바흐를 듣기 위해서 이웃 마을로 십 킬로미터를 걸어갔듯이, 조용하고 고적한 주말을 보내기 위해 이곳에 머무는 사람들도 어쩌면 근처에서 열리는 정원 낭독회에 호기심을 갖고 찾아올지도 모르니 말이다. 하지만 나는 아무도 찾아오지 않는 고독한 낭독회가 될 수도 있다고 말했다. 우리는 이곳에 개인적으로 아는 사람이 전혀 없으며, 우리의 정원은 사람들이 찾기 어려운 곳에 숨어 있다시피 하여 지나가다가 우연히 들를 수 있는 위치가 아니기 때문이다. 게다가 프로그램에 의하면, 다른 낭독회에서 읽는 책들은 베를린 서가의 주인의 글과는 아주 동떨어진, 매우 잘 알려진 베스트셀러 종류인데 그가 읽겠다는 산토카는 바쇼처럼 유명하지도 않으니 단 한 명의 관객도 없을 가능성이 있다고. 하지만 베를린 서가의 주인은 걱정하지 않았다. 만약 아무도 오지 않는다면, 그러면 정원에서 우리 둘만의 낭독회를 열어도 상관없다고 그는 말했다. 나는 그 편이 어쩌면 더 좋을지도 모르겠다고 대답했다. 나는 단 한 명의 관객도 찾아오지 않은 낭독회를 가져본 경험이 있다. 물론 객석에는 몇몇 사람들이 앉아 있었지만, 그들은 모두 행사의 관계자들이거나 그들의 친구였다. 그렇기 때문에 정말로 고독한 낭독회가 얼마나 차가운 현실인지, 그러면서도 동시에 경우에 따라서는 작가의 마음을 그만큼 강인하게 만들어주는 기회인지도 알고 있었다. 적어도 그것은 모든 작가들이 누릴 수 있는 경험은 아니기 때문이다.

친구 토마스와 코니 커플이 우리를 찾아왔다. 우리가 이곳에 맞아들이는 거의 유일한 친구들이다. 토마스와 코니는 그리스에서 휴가를 보내고 돌아왔다. 그들은 델피에 다녀왔다고 했다. 우리는 함께 호수에서 수영을 한 다음 오두막에서 소시지를 굽고 감자샐러드와 맥주를 준비했다. 우리가 즐겨 먹는 이탈리안 빵도 곁들였다. 그들은 우리의 은둔생활을 놀라워했다. "이렇게 고요하다니" 하고 그들은 맥주를 마시면서 말했다. "이렇게 고요하게 지낼 수 있다니." 그들이 말한 "고요함"

이란 사람들과의 접촉 없이 지내는 생활을 의미했다. 토마스는 연극 평론가이고 코니는 영화 관련 일을 하므로 그들의 저녁은 자주 연극 공연장이나 극장에서, 동료들과의 만남으로 이루어진다. 하지만 내 글쓰기 작업은 완전히 다른 패턴을 가지며, 베를린 서가의 주인 또한 영화나 라디오극 편집 작업이 있지 않는 이상 일생 동안 혼자서 일해왔다. 이곳 시골 생활의 고독은 도시의 고독과는 완전히 다르다. 떠밀려오는 파도가 없다. 우리는 다급하게 밀려간다는 느낌이 없다. 하루하루는 호수의 물살처럼 잔잔하다. 우리는 거의 거울을 보지 않는다. 그렇다면 우리는 세상을 등진 것일까? 베를린 서가의 주인은 아니라고 하지만 나는 그럴지도 모른다고 속으로 생각한다. 왜냐하면 나는 그래도 좋기 때문이다. 베를린 서가의 주인은 다음 라디오극을 만들기 위해 언제라도 도시로 나갈 준비가 되어 있지만 나는 아니기 때문이다. 베를린 서가의 주인은 종종 친구들과 전화로 대화를 나누지만 나는 전혀 그러지 않기 때문이다. 이제 정치 사회 현안에 대해서 속마음을 털어놓을 수 있는 친구는 거의 없다고 토마스가 말했다. 모든 것은 은은한 증오 위에 구축되고 있기 때문이다. 그럼에도 불구하고 자신은 견해의 차이 때문에 우정을 포기하지 않기로 마음먹었다고 코니는 말했다. 그러고는 덧붙였다. 이렇게 고요하게 지낼 수 있다니.

며칠 동안 고향에 다녀온 베를린 서가의 주인은 플라스틱 그릇에 산딸기를 가득 따왔다. 야생 검은 산딸기이다. 그는 말하기를, 자신의 고향에는 독일에서 가장 싱싱하고 맛좋은 산딸기가 열린다고 했다. 하지만 검은 산딸기가 자라는 지역의 모든 사람들이 그렇게 믿을 거라고 나는 생각한다. 내가 흔히 보아온 붉은 산딸기와는 달리 검은 산딸기는 과육이 더 단단하고 포도알처럼 촘촘히 뭉친 한 송이의 형태가 더 크다. 씹으면 모래알 같은 씨가 느껴진다. 익기 시작하는 초반에는 붉은색을 띠지만 다 익으면 윤기나는 검푸른빛이 되기에 영어로는 블랙베리라고 한다. 최근 몇 년간의 가뭄으로 숲속 검은 산딸기 덤불이 많이 말라죽었다고 베를린 서가의 주인은 말했다. 하지만 다행히도 고향의 산딸기들은 올해도 싱싱하게 열렸다고. 우리는 산딸기로 약간의 타르트와 잼을 만들기로 한다. 슈퍼마켓에서 완성된 타르트 반죽을 사서 산딸기를 올리고 거기에 젤리 분말을 끓여 만든 설탕 젤리를 부어 굳히면 타르트는 완성이다. 오븐에 구울 필요도 없이 무척 간단하고 산딸기의 신선함을 그대로 느낄 수 있지만 슈퍼마켓에서 구입한 타르트 반죽이 우리 입맛에는 너무 달고 부드러웠다. 반죽을 직접 만들었다면 훨씬 좋았을 것이다. 베를린 서가의 주인에게 검은 산딸기 타르트는 어린 시절 여름의 절정을 의미했다고 한다. 여름은 엘더베리꽃 시럽으로 시작하여 검은 산딸기 타르트로 완성되었다는 것이다. 엘더베리와 산딸기 모두 그의 집 근처에 무성하여 얼마든지 구할 수 있었다. 그는 내년에는 함께 검은 산딸기를 따러 가자고 했다. 그런데 산딸기 덤불에서는 조심해야 한다. 커다란 가시가 많은데다가 덤불 속에 독사인 살모사가 살기 때문이다. 8월은 야생 산딸기의 계절이다. 다들 바구니를 들고 숲으로 간다. 얼마 전 그의 편집자 한 사람은 야생 검은 산딸기를 열 바구니나 가득 땄다고 한다. 그런데 강비탈의 덤불에서 산딸기를 따던 중 발을 헛디디는 바람에 물에 빠지지 않으려다가 덤불 깊숙이 넘어지게 되었고, 가시에 찔려 다리 전체가 피투성이가 되었다고 한다. 우리는 남은 산딸기로 잼을 만들어 유리병에 보관했다. 엘더베리꽃 시럽이나 산딸기잼, 모두 먹는 것보다 만드는 과정 자체가 더욱 즐거웠다. 아마도 지금은 우리의 어린 시절과는 달리 달콤한 맛이 천지에 흔하기 때문일 것이다.

정원 낭독회가 열리는 날, 행사 시간인 오후 네시가 가까워오자 손에 피크닉 바구니나 접이의자를 든 사람들이 하나둘씩 우리의 투야나무 울타리 너머에서 나타났다. 혹시 몰라서 우리가 가진 의자들까지 모두 정원에 옮겨다놓았으나 곧 빈자리가 없어졌다. 서점 여주인의 말에 의하면, 며칠 전부터 우리 정원의 위치가 어디냐는 문의들이 있었고—왜냐하면 우리의 정원은 내비게이션으로 찾을 수가 없기 때문에—오늘도 길을 잘못 들어 호수로 가버린 사람들이 전화로 행사 시작을 조금만 늦추어달라고 부탁했다는 것이다. 처음의 예상과는 너무나도 달랐고 게다가 정원에서 이처럼 많은 낯선 사람들의 방문을 받는 일은 처음이었기 때문에 우리는 당황했다. 의자가 모자랐으므로 나는 테라스 대나무 그늘 아래 숨은 공간에 피크닉 깔개를 깔고 앉았다. 볕이 뜨거운 날이었으나 그늘진 정원은 기분좋게 선선했다. 나뭇잎들의 날카롭고 선명한 그림자가 여기저기서 일렁였고 지빠귀가 덤불 사이를 날아다녔다. 몇몇 사람들은 멀리서 자전거를 타고 도착했다. 베를린 서가의 주인은 테라스 위에서 베를린에 관한 자신의 텍스트 하나, 이어서 자신이 '나흐디시퉁'한 다네다 산토카의 하이쿠를 낭독했다. 승려였던 산토카는 절을 떠나 오랫동안 일본 서부를 방랑하며 하이쿠를 썼고 그의 글 대부분은 방랑의 고독과 배고픔, 다가오는 죽음에의 환영을 다루고 있다. 죽을 수밖에 없음, 그것은 시간이 갈수록 글쓰는 나를 사로잡는다. 그리고 마지막으로 산토카의 하이쿠를 바탕해 만든 라디오극을 틀고 그것을 함께 들었다. 라디오극을 틀어주기 위해서 베를린 서가의 주인은 오래된 소니 CD플레이어를 베를린 집에서 갖고 왔다. 도중에 머리 위를 날아가는 소형 비행기 소리 때문에 일 분 정도 낭독을 멈춘 것 말고는 모든 것이 아무런 문제가 없었고 걱정했던 것과는 달리 낭독회는 성공적으로 끝났다. 떠나기 전 사람들은 삼삼오오 모여 음료를 마시며 대화를 나누었다. 이렇게 많은 이가 방문할 줄 우리는 정말 예상하지 못했다고 말하니 서점 여주인은 "내가 무척 열심히 로비를 했거든요" 하고 씩씩하게 대답했다.

시체 주위로
모여든 사람들
구름 한 점 없는 하늘
내가 가진 넝마를 팔고
약간의 사케를 산다
겨울비
달 떠오른 산
길 위에서
나는 병들었다

죽어가는 고양이의 비명
네게 줄 것이
아무것도 없구나
내 머릿속
어딘가에서
까마귀 울음소리
마음은 공허하여라
사나운 파도가
오고 그리고 간다*

그날 밤 나는 베를린 서가의 주인에게 말했다, 이제부터 나를 M***이라고 불러달라고, 이제부터 나는 단지 이름뿐 아니라 목소리와 영혼 그리고 지나갔으며 앞으로 도래할 경험까지도 전부 M***이라고, 왜냐하면 나는 오래전부터 M***의 속삭임으로 이루어지는 소설을 쓰고 있는데, 스스로 그 목소리의 미디엄이 되어야 할 필요를 느끼기 때문이라고, 그래서 M***이라고 불려야 한다고, 실제 소리의 울림으로 그 존재를 완성

* 베르너 프리치, 『내 마음은 공허하여라Mein Herz ist leer』, Moloko Print, 2022.

해달라고, 그러니 나를 M***이라고 불러야 한다고, 나는 아름답거나 감동적이거나 스며들거나 지적이거나 훌륭하거나 압도적인 글을 쓰기를 원하지 않는다고, 좋은 글이나 기억에 남는 글을 쓰기를 원하지 않으며 심지어 매혹적이거나 독특하거나 소름 끼치거나 아찔한 글도 아니라고, 문장 단위로 이루어지는 글을 쓰고 싶지 않으며, 개념과 철학으로 쓰기를 원하지도 않고, 그렇다고 전체와 통일과 조화의 글도 원하지 않는다고, 나는 연속성과 이야기의 문법을 피해 가기를 원하며, 구조와 플롯의 글을 쓰고 싶지 않다고, 나는 그 무엇도, 심지어 내용이나 아름다움조차도 완성하거나 구축하기를 원하지 않는다고, *모든 것은 파편이었다,* 단지 속삭임, 몸에서 울려나오는 숨과 같은 속삭임, 물처럼 들어올리는 속삭임, 글이 호흡하는 속삭임, 글을 해체하는 속삭임, 몸 없이 환하고 불완전한 사물과 같은, 하지만 속삭이는 사물인, 혹은 모순되고 파편적인 몸을 가진 소리, 하나의 물방울이 돌 위로 떨어질 때 비로소 풀려나는 광물의 속삭임, 동굴의 한숨인 속삭임, 먼 훗날 어느 날 네가 희고 커다란 다리 위에 서 있을 때, 저녁이고 햇살이 강물 위로 산산이 흩어지는 순간에, 너는 혼자인데, 문득 네 귀에, 네 입에, 네 몸안으로 동시에 덮쳐오는 파도처럼 사납게 속삭이는 여러 겹의 목소리를 들었다고 느끼고, 놀란 얼굴을 돌려 방금 누군가 네 곁을 스쳐지나간 것은 아닌지 헛되이 확인하려 할 때, 멀리 다리 건너편, 석탄처럼 불그스름하게 이글거리는 인파 속으로 막 사라지는 M***의 뒷모습이 보였다고 믿는, 그런 글을 쓰기를 원한다고, 과거도 미래도 아닌 글을, 진실도 거짓도 아닌 글을, 일어났으면서 일어나지 않았던 것에 관하여, 먼 훗날 어느 날의 흰 다리, 그곳을 지나갔을 M***을 시간을 앞서서 선취하는 글쓰기를 원한다고. 그러니 나는 이제 M***이어야 한다고, M***을 부르는 목소리가 없으면, M***도 없으므로, 우리를 앞서서 가버릴 것들, 뒤돌아보지 않을 것들, 우리가 가진 넝마를 다 팔아버린 이후에도 아무도 모르게 우리의 낡은 외투 안에서 이글거릴 것들을 쓰길 원한다고. 다리 저편의 M***처럼, 저녁빛 속에서 테두리가 일그러진 채 일렁이며 멀어져갈 몸 없는 그것을 쓰기 위하여 나는 몸이 필요하다고, 그러니 나를 이제.

영혼의 서쪽 벽

들판을 뛰어다니던 까마귀들은 날아갔다. 구름이 왔다. 엄청난 뇌성이 울리고 폭우가 쏟아졌다. 우리의 얼굴은 빗물로 젖었다. 빗물이 배수로를 넘쳐흐르며 풀들은 무서운 속도로 물속에 잠겼다. 들판은 물이 출렁이는 늪처럼 변했다. 나무둥치를 두드리던 딱따구리가 소리를 그쳤다. 우리는 손을 잡고 뛰었다. 신발 속으로 물이 차올랐다. 우리라니, 누구를 말하는가? 비, 쏟아지는 비. 갑자기, 내가 최초로 썼던 글의 제목이 떠올랐다. 그건 '폭우'였다. 폭우가 내리던 여름날, 유리창 밖을 하염없이 내다보던 교사는 갑자기 우리에게 폭우에 관한 글을 당장 쓰라고 명령했다. 그래서 우리는 시의 구조와 주제, 음운론, 어휘풀이 등을 적어나가던 노트에 '폭우'라는 제목으로 글을 쓰게 되었다. 교실은 아주 조용했다, 속삭임이나 한숨 소리 하나 들려오지 않았다. 교사는 우리의 방해를 받지 않고 상념에 잠기기를 원했다. 그것이 처음이었다. 그날 내가 쓴 작문의 내용은 단 한 글자도 기억나지 않는다. 비, 쏟아지는 비. 봄에 피처럼 검붉었던 너도밤나무 잎새는 갈색으로 변했다. 번갯불이 번쩍였다. 들판을 뛰어다니던 까마귀들은 날아갔다. 바람 속에서 불의 냄새가 났다. 우리는 손을 잡고 뛰었다. 집 울타리 앞에 도착하니 테라스 지붕의 처마에서 폭포처럼 흘러내리는 빗물의 장막이 보였다. 이미 몇몇 지역에 침수가 일어났다는 뉴스가 있었다. 테라스에 내다놓은 물건들, 식탁과 의자, 양털 깔개, 스웨터와 겉옷, 책들, 양탄자 등이 모두 물에 흠뻑 젖었다. 우리의 옷과 머리카락에서 물방울이 뚝뚝 떨어졌고 장화 속은 빗물로 출렁였다. 집안 전체는 습기로 눅눅했다. 우리는 옷을 벗어 물기를 짜내고 의자 등받이에 걸쳐놓았다. 뇌우 속에서 소방서의 사이렌이 몇 번이나 울렸다. 나는 비가 너무 많이 와서 호수가 넘치는 상상을 했다. 그러면 집 앞의 들판이 물에 잠기고 물이 우리의 정원 안으로 밀려들어올지도 몰랐다. 테라스 천장의 목조 골격은 비에 젖어 검은색으로 변했다. 처마 아래 놓아둔 목제 까마귀상도 마찬가지이다. 번개가 그치지 않아 우리는 안전을 위해 오두막의 전기를 껐다. 어둠 속에서 촛불이 타올랐다. 전기 레인지를 사용할 수 없으므로 차가운 요구르트와 오트밀의 저녁식사. 밤이 되자 빗줄기는 더욱 거세졌다. 서까래에서 물방울이 뚝뚝 떨어졌다. 오두막은 작은 돛대를 가진 지붕 달린 뗏목으로 변했다. 자작나무 장작은 물에 젖어도 탄다고 베를린 서가의 주인이 말했다. 그러니 혹시 숲속에서 폭우를 만나 길을 잃어버리더라도 자작나무만 발견할 수 있으면 떨지 않아도 된다고. 나는 자작나무를 찾아 헤맨다. 자작나무 모닥불을 만들 한 줌의 마른땅을 찾아 헤맨다. 그러나 무엇으로 불을 붙일 것인가. 나는 부싯돌을 갖고 있지 않다. 거센 파도가 우리의 뗏목을 흔들었다. 한 사발의 쌀과 한 덩이의 빵 그리고 한 잔의 물이 있으면 우리는 살아남을 것이다. 자작나무 장작과 함께. 번개가 치면서 폭탄이 터지듯이 커다란 소리가 났다. 정원의 나무들이 바다처럼 움직였다. 폭우 속에서 나무들은 바다와 같은 소리를 내며 출렁였다. 베를린 서가의 주인은 오늘을 슬픔으로 기억한다고 했다. 그는 여름을 열정적으로 사랑하기 때문이다. 여름의 빛, 여름의 냄새, 여름의 선언을 열애하기 때문이다. 그 여름이 지나가고 있음을 느낀다. 투야나무 울타리의 쇠 빗장이 덜컹거리는 소리에 귀기울이며 우리는 폭우 속에 앉아 있었다. 젖은 장작을 태우면 벌레들이 기어나온다는 것을 나는 알고 있다. 우리가 잊은 모자가 테라스의 어둠 속에서 젖고 있었다.

게르하르트 마이어를 읽었다. 어린 시절이란 다른 무엇보다도 공간이라고 게르하르트 마이어는 어느 인터뷰에서 말했다. 빛과 소리로 이루어진 공간. 그 공간 속에서 아주 어린 나이부터 막연한 상실감, 길을 잃고 내던져진 듯한 느낌을 알았던 아이. 벚나무 위에서 보낸 시간들, 햇빛이 퍼져나가고, 바람은 데이지꽃 무리를 흔들고 닭들의 깃털을 부풀린다. 그 위의 허공을 차지한 제비들. 당연히 간혹 비가 내리고 눈이 쏟아지기도 한다. 흰 서리가 내리면 가축우리의 철조망은 은백색의 섬세한 장신구로 변한다. 차갑고 새파란 하늘에는 까마귀들이 날아다닌다. 스위스인인 그의 아버지는 젊은 시절 북독일과 보헤미아 지방의 농장에서 관리인으로 일했는데 북독일의 뤼겐섬에서 그의 어머니를 알게 되어 결혼했고 이후 스위스로 돌아왔다. 형제 중 막내로 스위스에서 태어난 게르하르트 마이어는 육십팔 세가 되어 뤼겐섬을 처음 방문했다. 그는 어린 시절부터 어머니로부터 뤼겐섬의 바다와 새하얀 백악질 절벽, 어머니가 학교 소풍을 갔던 호수와 바람꽃이라고 불리는 야생 아네모네가 피어 있는 너도밤나무숲의 풍경에 대해 들어왔다. 그리하여 그의 상상 속에 자리잡게 된 북독일 바닷가의 풍경과 실제로 만나본 뤼겐섬의 모습이 거의 그대로 일치하는 데 큰 충격과 감동을 느꼈다고 했다. 그는 아마도 어머니가 태어났을 곳으로 추측되는 집을 방문했고, 그곳 정원의 흙을 한 줌 플라스틱 봉지에 담아 스위스로 가져왔다. 센티멘털한 행동인 줄은 알지만 그래도 그렇게 하고 싶었다. 아마도 어머니는 어린 시절 그 흙을 만지고 놀았으며 소녀이던 어머니가 그 흙을 파고 물망초를 심었을 것이기 때문이다.

게르하르트 마이어는 썼다. "궁극적으로 인간은 오직 기억하기 위해서 사는 것인지도 모른다."

비 내린 다음날, 우리는 들판을 지나 호수로 갔다. 모래흙이 깎여나가 길은 군데군데 파인 자국이 생겼고 풀들은 쓰러졌으나 빗물은 대부분 길가 배수로로 흘러가버린 다음이었다. 단 한 군데 들판만이 호수처럼 물이 고여 있었다. 흙이 쓸려나가버린 자리에는 마치 죽은 뱀처럼 나무뿌리가 기다랗게 지표면으로 드러났다. 여름방학이 끝나고 학교가 문을 열었다. 하교 후 자전거를 타고 집으로 가는 아이들이 보인다. 오래전 우리가 처음 알게 된 시기에 베를린 서가의 주인은 한국에 있던 내게 부탁했다. 어린 시절의 장소로 가달라고. 그곳을 사진으로 찍어 보내달라고. 자신은 내 어린 시절의 장소를 알길 원한다고.

나는 도시에서 태어났지만 바닷가에서 어린 시절을 보냈고, 다시 도시로 돌아와 학교를 다녔다. 당시 도시는 하루하루 팽창하고 있었고, 우리는 모두 숨막히는 밀도에 익숙했다. 내 어린 시절의 장소는 지금 어디에도 남아 있지 않고 내가 자란 바닷가 도시의 집은 오래전에 사라졌으며 서울의 집도 마찬가지일 것이다. 다들 그렇듯이 나 또한 그것을 당연하게만 여겼다. 무엇보다도 그의 부탁은 나를 매우 당황하게 만들었는데, 어린 시절의 집에 의미를 부여하는 문화에 익숙하지 않았기 때문이다. 과거 집들이 있던 곳은 거의 다 아파트로 변했다고 나는 말했다. 그리고 한국의 아파트는 네가 말하는 어린 시절의 장소가 될 수 없노라고. 설사 거기서 태어나고 자랐다 할지라도, 어린 시절뿐 아니라 그 무엇을 위한 '장소'도 될 수 없노라고. 집들은 사라지거나 교체되고 지상에 살지 않는 사람들은 장소의 익명성에 익숙하다고. 내가 자라난 대도시의 삶은 마치 공동묘지의 집단 매장 구역과도 같다고. 개개인의 묘석도 없고 망자의 이름과 생몰연도는 따로 기록되지 않는다고.

선조가 세운 집에서 태어나 살았으며 아마 앞으로도 살게 될 베를린 서가의 주인은 도시인들과는 매우 다른 고향의 기억을 간직하고 있다. 그의 고향은 한 채의 농가로 이루어진 전원이다. 처음 집을 지은 농부는 차츰 인근에 물방앗간과 목재를 가공하는 제재소를 지었다. 집에서는 가축을 돌보았으며 겨울이면 숲에서 사냥을 하거나 벌목 일을 했다. 가장 가까운 이웃집은 수 킬로미터 떨어져 있다. 농부들은 신앙심이 깊었고 일요일이면 다들 교회에 갔다. 일꾼들이 모이는 식당에서는 온갖 미신과 소문과 마법적인 이야기가 오갔다. 그의 어머니는 말했다, 이 세상의 삶이란 오직 연극이며 리허설이라고, 진짜 인생은 신 앞으로 간 이후에 비로소 시작된다고. 밤이면 오직 별들만이 빛났다. 밤이면 오직 인근 강물이 흐르는 소리만이 들려왔다.

집이 없어졌다 하더라도 학교는 남아 있겠지, 하고 베를린 서가의 주인은 약간 실망하며 말했다. 그렇다, 나는 어린 시절의 학교를 기억한다, 조용하고 무표정하고 낯설어하고 어리둥절해하던 얼굴들을 기억한다. 무방비 상태인 그들의 맨발을 기억한다. 학교는 폭력적인 장소였는데 조용하고 무표정하고 낯설어하고 어리둥절해하던 얼굴들에게 좀더 폭력적이었다. 그래서 나는 그 얼굴들을, 그들의 맨발을 기억하는 것이 두렵기도 하다. 그런 얼굴들이 거의 매일 새롭게 나타났다. 풀 한 포기 없는 운동장은 먼지가 자욱했다. 학생 수가 너무 늘어나서 어느 날 갑자기 우리는 하나의 교실을 두 학급이 나누어 쓰기 위해 2부제 수업을 진행해야 했다. 반면에 베를린 서가의 주인은 고향에서 작은 초등학교를 다녔는데 네 학년이 모두 한 교실에서 한 명의 교사에게서 수업을 받았다고 했다. 1학년이 철자법을 연습하는 동안 2학년은 시를 석판에 옮겨 적었고 3학년은 산수를 하고 4학년은 작문을 써야만 하는 식이었다. 교사가 한 학년을 대상으로 가르치는 동안 다른 학년들은 각자 부여받은 과제를 하고 있어야 했다. 하지만 당연히 교사가 다른 학년에게 설명하는 말이 귀에 들어올 수밖에 없었고 학생들은 산만해질 수밖에 없었다. 3학년 때 옆자리의 학생이 수업 시간 내내 그를 컴퍼스로 찔러대며 괴롭혔다고 했다. 그는 교사에게 가서 괴롭힘을 호소했으나 교사는 들은 척도 하지 않았다. 당시 교사는 게이였고 하필이면 그의 옆자리 학생의 형과 커플인 사이라서 아무리 심한 장난을 쳐도 교사는 눈감아주었다는 것이다. 베를린 서가의 주인은 그래도 포기하지 않고 자리를 바꾸어달라고 끈질기게 부탁하여 마침내 새로운 자리로 옮겼으나 이번에는 옆자리의 아이가 매일 수업 시간에 오줌을 쌌다고 했다. 고향집에서 통학할 수 있는 유일한 학교의 상황이 이러했으므로 그는 아홉 살의 나이로 부득이하게 집을 떠나 수녀원 부설 기숙학교로 가게 되었다. 그리고 그곳에서 비로소 공부라고 할 만한 것을 처음으로 할 수 있었는데 불행히도 하루종일 아이들의 일상을 통제하는 수녀들의 엄격함과 폭력성은 놀라울 정도였다. 그의 기숙학교의 친구인 F는 지금까지도 그 경험을 트라우마로 갖고 있다. F가 가톨릭에 등을 돌린 결정적인 이유도 그것이라고 했다. 최근에는 비슷한 피해를 입은 희생자들이 추기경에게 편지를 보내 피해 보상을 요구하는 일들이 받아들여지고 있지만 그조차도 거부할 정도로 F는 교회와 그 어떤 인연도 맺고 싶지 않다고 했다. 베를린 서가의 주인은 마찬가지로 어린 나이에 강압적이고 폭력적인 환경에 놓였지만 그것을 F처럼 심각한 상처로 기억하는 것 같지는 않다. 어떻게 그럴 수 있는지 이유를 물어보니 자신은 카를 마이의 모험소설을 읽으며 모든 고난을 극복할 수 있었고 심지어 상처나 분노도 판타지의 힘 앞에서는 다 소멸되어버렸다고 한다. 하지만 더욱 근본적인 이유는 베를린 서가의 주인은 수녀원의 거의 폭압적인 암기 교육이 자신의 지적, 정신적 성장에 어떤 식으로든 큰 도움이 되었다고 여기기 때문이었다. 그 밖의 상처는 스스로 치유할 수 있다. 예술가는 스스로를 치유하는 사람이라는 것이 그의 생각이다. 베를린 서가의 주인은 언젠가 F와 함께 자신의 어린 시절 학교인 수녀원을 찾아가보고 싶어한다. 기숙학교는 더이상 운영되지 않겠지만 수녀원 건물은 남아 있을 것이기 때문이다.

집이 없어졌다 하더라도 학교는 남아 있겠지, 하고 베를린 서가의 주인은 말했다. 집은 이미 오래전에 사라졌지만 아마 학교는 남아 있을 것이다. 학교를 없애고 아파트를 짓는다는 이야기는 아직은 들어보지 못했으므로 어쩌면 학교는 유일하게 남아 있는 어린 시절의 장소이다. 하지만 나는 그 학교를 실제로 눈에 담을 자신이 없다. 내 안의 무언가가, 그게 무엇이든, 증폭될 것이 두렵기 때문이다. 그러나 증폭된다고 한들 무엇이 문제인가. *사나운 파도가/ 오고 그리고 간다.** 그것뿐이다. 학교는 오직 기억으로만 존재한다. 기억 속에 떠오르는 그 장소는 황량하고 사납고 슬프다. 그런데 그 황량함과 사나움과 슬픔은 수녀들의 손찌검이나 혹독한 규율 때문이 아니라 어쩌면 내 내부에서 우러나와 어린 시절의 사물들에 투영된 것일지도 모른다. 그리하여, 슬픔의 아이들이 오고 그리고 간다.

기억을 다루는 방식에서 나와 베를린 서가의 주인이 얼마나 다른지 나는 종종 깨닫는다. 만약 그의 어머니가 머나먼 뤼겐섬 출신이었다면, 아마도 그는 그곳을 찾아갔을 것이다. 바

* 베르너 프리치, 같은 책.

닷가의 흰 절벽들. 그리고 아마도, 게르하르트 마이어와 마찬가지로, 플라스틱 봉지에 어머니의 생가 마당의 흙을 담아왔을 것이다. 그리고 게르하르트 마이어가 그랬듯이, 그 시절 부모들이 북독일을 떠나 스위스로 올 때 거쳤으리라고 생각되는 경로를 그대로 따라 여행하는 방식을 택했을 것이다. 그들이 기차의 차창 밖으로 내다보았을 중간 기착지 베를린 거리의 모습을, 같은 마음으로 내다보기 위하여. 나는 카를 마이를 읽지 않았다. 인디언 모험 이야기를 좋아했을지도 의문이다. 내가 자란 바닷가의 도시는 알아보지 못할 정도로 달라졌으나 그 사실이 내 안의 무엇을 건드리지는 않았다. 나는 스스로를 치유할 필요가 없기 때문에 치유되지 못한다.

게르하르트 마이어는 썼다. 그의 누이 기젤라의 남편 페르디난트가 죽었다. 그가 마을 묘지의 흙속에 묻힌 날, 기젤라는 그가 추울 것이라는 생각이 들었다. 흙은 축축하고 차가우니까. 그날 이후 매번 부엌 창 너머 묘지를 건너다볼 때마다, 기젤라의 몸은 실제로 흙의 냉기를 느낀다. 기젤라는 추위에 떤다.

9월을 생각하면 마치 마지막의 시작과 같은 느낌이 든다. 작년 9월, 베를린 서가의 주인과 나는 실스마리아로 갔다. 니체하우스를 보기 위해서였다. 우리가 그곳으로 간다고 하니 취리히의 친구 R이 지나가듯이 말했다. R의 부모님은 실스마리아 인근의 한 작은 마을인 본도의 묘지에 묻혀 있노라고. 부모님은 마을에서 가까운 산 위의 양치기 오두막을 구입하여 말년의 많은 시간을 그 오두막에서 보냈다고. 마을에는 아주 오래된 로마네스크 양식의 성마틴 교회가 있는데 그 안에는 '최후의 만찬' 벽화가 있으니 기회가 된다면 들러보아도 좋을 거라고.

R이 알려준 본도 마을은 실스마리아에서 멀지 않았다. 우리가 마을로 간 날은 비가 내렸다. 구불구불하게 산을 한참 내려가는 3번 도로를 타고 남쪽으로 가다가 다리 앞에서 '본도Bondo'라고 적힌 표지판이 나오면 좌회전하여 마을로 진입한다. 우산도 없이 우리는 비에 흠뻑 젖은 채 교회를 찾아갔다. 마을 중심부는 좁고 가파른 골목길로 이루어졌다. 낡은 집들은 테라스에 제라늄 화분을 내놓았고 오래되어 맨질맨질하게 닳은 검은 돌계단은 빗물에 미끄러웠다. 우리는 단 한 명의 사람도 만나지 못했다. 이곳에는 누가 사는 것일까. 자료에 의하면 이 마을의 주민은 이백 명 남짓이다. 우리는 성마틴 교회를 발견했는데, 교회 전면의 벽화를 보자 이 교회가 얼마나 오래된 건축물인지 짐작할 수 있었다. R이 말해준 최후의 만찬 벽

화는 교회 안 측면 벽에 있었고 커다란 기둥 하나가 그림의 일부를 가리고 있었다. 우리는 작은 목소리로 속삭이며 대화를 나누었다. 조금이라도 큰 소리를 내면 이 낡은 벽화가, 무엇보다도 벽화의 노랑과 초록, 붉은색 색채가 자아내는 잔잔하고도 신비로운 톤이 흔적도 없이 부스러져내려버릴 것만 같았기 때문이다. 모든 색채와 형체는 부드러운 흙과 기름으로 이루어진 낡은 종이나 가죽의 질감을 연상시켰다. 이처럼 박물관에는 없는 오래된 벽화를 보기 위해 동굴과 석굴, 사원과 교회로 직접 찾아가는 여행자들을 나는 알고 있다. 밖으로 나오니 빗줄기는 돌바닥 위로 점점 거세게 쏟아지고 있었다. 그리고 교회 뒤편에 묘지로 올라가는 길이 있었다. 묘지에는 문이 있었으나 잠겨 있지는 않았다. 우리는 비를 맞으며 잠시 묘지를 산책했다. 마을의 주변은 산으로 둘러싸였다. R의 부모님이 살았다는 오두막은 어디에 있었을까. 차를 세워둔 곳으로 돌아오는 길에 나는 어느 집의 문이 열려 환하고 따스한 불빛이 새어나오는 것을 발견했다. 오, 저곳은 혹시 카페가 아닐까, 우리는 저기서 몸을 녹이고 따뜻한 커피를 마실 수 있지 않을까 기대에 들뜬 나는 그 집으로 다가갔다. 하지만 그곳은 카페와 같은 상업시설이 아니었다. 마을의 어디에서도 우리는 그런 장소를 발견하지 못했다. 하지만 누군가가 어떤 이유에서든 문을 열어놓았고, 우리는 집안을 볼 수 있었다. 손바닥만 한 거실에는 커다란 탁자가 있고 탁자 위에는 아름답고 커다란 도자기 그릇에 과일이 담겨 있었다. 사람의 모습은 보이지 않았다. 짙은 호두색 목재로 꾸며진 어두운 실내 한구석 노란색 조명이 처마에서 떨어지는 빗줄기를 비추고 있었다. 우리는 빗물에 몸이 젖는데도 불구하고 잠시 서서 그 광경을 바라볼 수밖에 없었다. 아름다웠기 때문이다.

우리는 실스마리아를 예정보다 며칠 앞당겨서 떠나야만 했는데, 기상이 나빠지고 눈이 내린다는 예보가 있었던 탓이다. 우리는 며칠 뒤 독일에서 약속이 있었으므로 도로가 얼어붙어 교통이 통제될 것이 두려웠다. 해발 천팔백 미터가 넘는 실스마리아는 눈이 내릴 경우 자동차 운행이 불가능하여 산악열차에 견인되는 형태로만 산 아래로 내려갈 수 있다고 했다. 실스마리아에서 내려오는 산길은 현기증이 날 만큼 경사가 심했다. 9월이 가까워오자 우리는 작년의 실스마리아 여행을 생각하게 된다. 우리는 언젠가 9월에 다시 실스마리아로 가서 니체하우스에서 묵게 될지도 모른다. 베를린 서가의 주인이 그걸 원하기 때문이다. 1880년대 니체는 실스마리아에서 머물며 『차라투스트라는 이렇게 말했다』의 일부를 썼다. 그가 살았던 집은 니체하우스란 이름의 박물관으로 운영되고 있으며 예약을 하면 숙박도 가능하다. 하지만 나는 만약 우리가 다시 실스마리아에 간다면 본도 마을의 성마틴 교회를 한번 더 방문하여 최후의 만찬 벽화를 보고 R의 부모님이 묻혀 있을지도 모르는 묘지를 산책하고 싶다고 했다. 만약 날씨가 좋고 우리에게 비옷과 튼튼한 신발이 있다면, 우리는 R의 부모님의 오두막이 있는 산으로 올라갈 수도 있을 것이다.

자동차를 타고 머나먼 실스마리아로 가는 대신, 매일 그렇듯이 우리는 오늘도 걸어서 호수로 간다. 들판에는 회색과 검정이 섞인 까마귀들이 있다. 초여름 불그스름한 여운으로 파도치던 자우어암퍼는 검은색에 가까운 어두운 갈색으로 물들었다. 그 모습은 마치 검은 옷을 걸치고 안개 속에 서 있는 작은 과부들과 같았다. 여름의 풍성한 목초지도 황금빛 밀밭도 따스한 햇볕을 머금은 싱그러운 풀냄새와 함께 사라졌다. 하루는 매일매일 확연하게 짧아지고 있다. 마을의 교회에서 저녁 여섯시 기도 종소리가 울린다. 바람이 불 때마다 나뭇잎에 매달려 있던 빗방울이 후드득 떨어져내린다.

우리는 사람 없는 호숫가에 앉아 책을 읽는다. 나는 게르하르트 마이어를, 베를린 서가의 주인은 아르노 슈미트를. 비 온 뒤 호수의 수위는 높아졌다. 수면을 향해 늘어져 있던 나무들의 가지 끝이 물속에 잠긴 것이 보인다. 기슭으로 떠내려온 커다란 죽은 물고기 한 마리. 수평선을 향해 빠르게 기울어지는 황금빛 태양과 거꾸로 선 횃불처럼 물위로 길게 반사되며 하얗게 활활 타오르는 저녁빛. 베를린 서가의 주인은 오늘 물속에 들어갈 마음이 없다. 날이 너무 차기 때문이다. 하지만 나는 충동을 느끼고 잠시 동안 수영을 했다. 친구 토마스와 코니 커플은 계절에 상관없이 거의 일 년 내내, 호수가 얼어붙지만 않으면 수영을 한다고 했다. 나는 지난겨울 눈 덮인 숲속 호수에서 나체로 수영하던 여자를 생각했다. 비 온 뒤 호수의 물은 투명하고 살짝 어두웠다. 물가 버드나무 아래 베를린 서가의 주인이 책을 읽고 있었다. 자줏빛 구름은 갈가리 찢어진 형태로 서쪽 하늘에 몰려 있었다. 나는 물속에 있었다. 물이 따뜻하다고 느꼈다. 호수에는 나 혼자였다. 아무도 나를 보고 있지 않았다. 모래흙은 부드러웠고 죽은 물고기는 동그란 두 눈을 뜨고 있었다. 오래전 폭우가 내렸고, 수업을 할 마음이 없었던 교사는 우리에게 작문을 지으라고 말했다. 교실은 조용하다. 오직 빗물이 흘러내리던 유리창들뿐. 이 그림을 나는 서쪽 벽에 건다.

"영혼의 서쪽 벽에 걸린 그림"이라고 게르하르트 마이어는 썼다.

물속에서 나는, 빗물에 젖어 있던 차가운 본도 마을의 묘지를 생각한다. 우리는 묘지 출입문의 빗장을 벗기고 안으로 들어섰다. 이곳이 정말로 R의 부모님이 묻혔다는 그 묘지가 맞는지 우리는 알 수 없었다. 그러나 만약 이곳에, 이 흙속에 정말로 내가 아는 누군가가 묻혀 있다면, 나는 비 내리는 이 묘지를 결코 눈에 담지 못하리라는 생각이 들었다. 비에 젖은 돌계단을 밟고 녹슨 철제 빗장을 벗기고 묘지 안으로 들어서지 못하리라는 생각이 들었다. 흙속에 스며드는 빗물이 실제로 차갑기 때문이다. 내 몸이 차갑게 젖어오기 때문이다. *사나운 파도가/ 오고 그리고 간다.* 나는 부엌 창 너머로 바라본다. 그리고 실제로 흙의 냉기를 느낀다. 나는 추위에 떤다.

9월의 황무지에서

들판 가장자리 자두나무에는 청보랏빛 자두가 익었다. 낮은 가지의 자두는 이미 누군가 따 가버렸고 나무 꼭대기에는 얼마 전부터 잘 익은 열매들이 무성하게 달려 있지만 손이 닿지 않았다. 그러다 이제 폭우가 내리는 바람에 익은 자두 대부분이 땅바닥에 떨어져버렸다. 으깨진 자두가 모래흙을 검보랏빛으로 물들였다. 우리는 자두나무의 큰 가지 하나가 부러진 것을 보았다. 폭우가 내리는 밤 우리가 들은 커다란 소리는 아마도 가지가 부러지는 소리였을 것이다. 우리는 비탈진 덤불로 들어가 부러진 가지에서 약간의 자두를 땄다. 자두는 알이 작으면서 단단하고 새콤하고 싱싱했다. 슈퍼마켓에서 산 자두는 과육이 훨씬 더 부드럽고 즙이 많고 단맛이 강했으나 나무에서 갓 딴 자두의 단단한 과육이 나는 마음에 들었다. 이웃의 빌리 아저씨네 정원 사과나무도 사과가 많이 열렸다. 그의 사과는 매우 맛이 좋다고 베를린 서가의 주인이 말했다. 절반은 붉고 절반은 노란색인 사과이다. 우리는 사과를 몇 개 얻어서 사과파이를 만들었다. 우리 정원의 사과나무는 겨울이나 되어야 열매가 익는다고 베를린 서가의 주인이 말했다. 겨울에 사과가 익으면 오두막을 떠나기 전에 마지막으로 파이를 만들 수 있으리라.

베를린 서가의 주인이 말했다, 너와 함께라면 말이라도 훔칠 수 있어.

무슨 뜻이냐고 내가 물었다.

자신은 그 표현을 살짝 바꾸어서 말하고 싶다고 베를린 서가의 주인은 대답했다, 너와 함께라면 자두라도 훔칠 수 있어.

나는 웃었다. 그리고 말했다. 아니, 나는 절대로 그렇게는 할 수 없어, 난 못해, 난 그런 친구가 아니야, 날 그 정도로 신뢰해서는 안 돼, 결코 상상해본 적도 없어, 정말이야.

하지만 결국 우리는 그날 어스름 무렵, 사다리를 들고 들판 어귀의 자두나무로 향했다. 그것들은 몇몇 호숫가 오두막의 주말 거주자들이나 낚시 클럽 회원들을 제외하면 다니는 사람이 거의 없는 비포장 들길에 있었다. 농부가 일 년에 두어 번 들판에서 건초용 풀을 베기 위해 온다. 그것뿐이다.

바람에 부러진 가지의 자두들은 곧 상할 거라고 베를린 서가의 주인은 말했다. 우리는 이 길을 거의 매일 지나다니는데, 단 한 번도 길가의 자두나 사과를 수확하는 사람을 보지 못했다. 열매들이 나무에 매달린 채 말라버릴 것이 안타깝다고 베를린 서가의 주인은 말했다. 이 나무들은 주인이 없거나, 혹은 있더라도 돌보지 않는 것 같다고, 그래서 자신은 오늘 직접 자두를 따기로 했다고 말이다. 창고에서 꺼내온 사다리는 불안정하게 흔들렸기 때문에 나는 베를린 서가의 주인이 사다리 위로 올라가 높은 가지들의 자두를 따 모으는 사이 사다리를 붙들고 있어야만 했다. 어느 순간 마을 길 앞을 지나가던 커다란 소방차가 갑자기 우리가 있는 들길 가운데로 진입하는 바람에 나는 당황했다. 하지만 소방차는 유턴을 하기 위해서 차를 돌리려 한 것이었고 방향을 바꾸어 오던 길로 되돌아갔다. 우리는 플라스틱 자루 가득히 자두를 따 모았다. 그날 밤 씻은 자두를 커다란 냄비에 담고 설탕과 함께 끓여 잼을 만들었다. 하지만 자두가 너무 많았기 때문에 충분히 저어주지 못하여 냄비 아래의 잼이 타버렸다. 우리는 타지 않은 윗부분의 자두 잼을 세 개의 유리병에 나누어 담고 뜨거운 상태에서 병을 거꾸로 세워 공기를 뺐다. 부엌 개수대 위에서 아주 커다랗고 통통한 민달팽이 한 마리를 발견했다. 다람쥐가 부지런히 지붕을 뛰어다니기 시작했다. 우리는 여행가방을 쌌다.

분명 내가 그 일을 좋아하는 것 같은데, 그리고 이미 셀 수도 없이 자주 해왔는데도 불구하고, 단 한 번도 성공적으로 해내지 못한 일들이 있다. 그중 하나는 '여행가방 싸기'이다. 그런데 성공적인 여행가방 싸기란 애초에 불가능한 일이다. 왜냐하면 여행지에서 일어날 일에 대해서 우리가 완전하게 알 수는 없기 때문이다. 베를린 서가의 주인에게 여행가방이란 곧 여행지의 도서관과 동일한 의미이므로 원하는 만큼의 도서관을 옮기기 힘든 유형의 이동수단, 예를 들자면 기차 여행을 즐기지 않는 편이다. 반면에 나는 자동차 여행을 좋아하지 않는다. 특히 고속도로에서 일어나는 속도와 굉음은 혐오스럽다. 만약 할 수만 있다면 나는 걷거나 낙타를 타고 여행하는 편을 택할 듯하다. 나는 낙타 등에 올라탄 적이 있다. 낙타가 무릎을 꿇고 앉아 있어야만 등에 올라타는 것이 가능하다. 낙타의 등에 올라타면 현기증이 날 만큼 높다고 느낀다. 낙타는 긴 다리로 몸을 배처럼 흔들며 걷는다. 낙타의 털은 단단하고 거칠어 인디언 무늬의 담요를 여러 겹 깔아야만 했다. 낙타가 달릴 때 나는 현기증이 났다. 하지만 바람보다 빠른 것은 아니었다. 축축한 회색 물방울 구름이 띠처럼 나와 낙타 주위를 맴돌았다. 낙타는 언젠가 죽거나 광견병에 걸린다. 나는 언젠가 죽거나 광견병에 걸린다. 그러므로 낙타 등에 앉아서는, 설사 일생 동안 여행을 한다고 해도 우리가 비행기로 하루 만에 갈 수 있는 거리 이상을 이동하기란 어려울 것이다. 나는 점점 느리게 가는 여행을 꿈꾼다…… 그런데 이제 심지어 어떤 사람들은 이미 먼 우주로 나가는 꿈을 꾸기도 한다. 우주란 너무도 아득하여, 실재하는 공간이라기보다는 마치 추상적인 마음과 같이 느껴진다. 8월의 밤 우리가 정원에서 우연히 발견한 별똥별처럼…… 우리는 기프호른 히스 들판 어딘가에 있었다. 그곳은 황무지와 습지와 모래언덕으로 이루어진 땅이었다. 우리는 호숫가에 누워 새파란 하늘을 올려다보고 있었다. 하늘은 구름 한 점 없었고, 빛은 투명하고 푸르게 반짝거렸다. 종종 여행을 생각할 때마다 내게 떠오르는 질문. 만일 내가 지금 여기에 없는 거라면, 나는 어디에 있는 것일까? 사방은 자작나무숲이었다. 바람이 불어올 때마다 숲 전체는 찰랑거리는 나뭇잎소리로 파도쳤다. 흰 몸통에 검은 날개를 가진 왜가리가 공중을 가로지르며 날아갔다. 그리고 간혹 그보다 더 높은 하늘을 일직선으로 소리도 없이 날아가는 비행기가 있었다. 우주는 우리가 알지 못하는 것에 붙여진 이름이라는 점에서 마치 마음과 같다고 내가 말했다. 기프호른 히스의 호숫가에서.

아르노 슈미트는 썼다, 당연하지만 만약에, 돈이 있다면…… 자신은 그 돈을 어디에 쓸지 잘 알고 있다고. 히스 황무지 평원에 조그마한 집 한 채를 산다. 차고에는 이세타* 한 대, 잘 엄선한 천여 권의 책들. 그 어떤 방해도 없이 『펠젠부르크 섬Insel Felsenburg』**을 끝까지 완독할 만한 여유. 혹은 『늦여름』***이나 혹은 레싱을 A부터 Z까지. 밤이면 몸을 누일 수 있는 침대 하나(앙상한 뼈다귀 같은 이 소파베드는 그만 안녕!), 시계는 똑딱이는 소리를 참을 수 없으니 모래시계나 해시계로, 예외적으로 복도에 괘종시계 하나 정도는 참아줄 수 있다…… 텅 빈

* 1950년대에 나온 오토바이와 자동차의 중간 형태의 스쿠터모빌.
** 18세기에 나온 요한 고트프리트 슈나벨의 인기 소설. 로빈슨 크루소 유의 무인도 모티브를 기초로 한 유토피아 지향의 환상소설.
*** 아달베르트 슈티프터의 1857년 출간 소설로 모두 세 권으로 이루어졌다.

들판의 적막 속에서 저물어가는 달을 바라볼 것이다…… 띠와 같은 안개로 둘러싸인 소나무숲으로 가라앉으며, 은빛의 천체는 새빨갛게 타오르리라……

아르노 슈미트는 소망을 이룬다. 1958년, 그는 북독일 히스 황무지의 작은 마을인 바르그펠트 37번지에 꿈에 그리던 정원 딸린 집을 구한다. 그가 생의 마지막을 보낸 집이다. 정원에는 두 그루의 자두나무, 한 그루 자작나무, 정원의 동쪽 가장자리에는 창고, 도합 천삼백삼십육 제곱미터. 진흙 벽돌과 전나무로 지어졌으며 일층보다 공간이 더 협소한 이층으로 올라가는 계단은 좁고 가파르다. 아르노 슈미트와 그의 아내 알리체가 각각 1979년과 1983년 사망한 이후 그들의 유일한 상속인이 된 아르노 슈미트 재단에 의해 그의 집은 박물관으로 보존되고 있다. 우리는 바르그펠트의 아르노 슈미트 하우스를 찾아갔다. 베를린 서가의 주인은 오래전부터 아르노 슈미트를 읽어온 아르노 슈미트 독자이기 때문이다.

하지만 아르노 슈미트의 독자라고 할 수 없는 내가 이 여행을 기뻐한 것은 다른 이유에서이다. 9월이 되었기 때문이다. 우리는 해마다 9월이 오면 짧은 여행을 떠나려고 한다. 보이지 않는 빛의 입자로 가득한 9월의 하늘. 투명한 녹색 한가운데를 가로지르며 새 한 마리가 날아간다. 그 어디에도 속하지 않은 사이-시간이 반짝인다. 소나무숲 가장자리, 아침의 안개 속에서 날카로운 바늘잎 그림자들이 거무스름한 녹색으로 드러난다. 비유하지 마, 하고 나는 나에게 말한다. 비유하지 말고 설명하지도 말고 성찰하려 들지도 마. 아무것도 누설하지 않으면서 자신을 저절로 드러내 보이는 것들, 언어 자체가 불러일으키는 현상성, 오직 그것들에만 집중해. 9월에는 놀라움이 있다. 여전히 빛 속에서 더이상 같은 빛이 아님을 느낀다. 우리는 이름 붙일 수 없는 사이-시간을 체험한다. 한 사람이 두 번 다시 같은 빛 속에 있지 못하리라. 우리 각자는 고정되지 않은 마음의 한 상태이다. 한 사람이 두 번 다시 같은 마음에…… 못하리라. 갑자기, 우리가 알지 못하는 그 무엇이 우리를 통해서 숨을 쉰다. 오직 단편적인 감각의 체험을 통해서 우리는 그것을 간접적으로 본다. 바람에 찢겨 날리는 거미줄의 반짝임. 수면을 튀어오르듯이 지나가는 물뱀의 동그란 머리. 마치 빗방울이 폭발한 듯 새빨간 열매가 가득 달린 나무 아래서 우리는 한 알의 사과를 동시에 양쪽에서 깨문다.

내 기쁨의 또다른 이유는 나는 작가의 집을 보기를 좋아하기 때문이다. 특히 일생을 오직 글쓰기만을 위하여 살아온 작가의 집이라면 더욱 좋다. 특히 오직 글쓰기만을 위하여 작가가 일부러 고른 집이라면 더더욱 좋다. 아르노 슈미트는 어려운 시기에 글을 쓰는 작가였다. 패전 후 독일에서, 책은 팔리기를 거의 기대할 수 없는 물건 중의 하나였다고 박물관의 연구 조교가 말했다. 그럼에도 불구하고 아르노 슈미트는 전업 작가로, 당연히 많은 경제적 곤란을 힘겹게 헤쳐나가며, 온전히 글에만 인생을 바치며 살 수 있었다. (그는 정말로 가난한 젊은 시절을 보냈다. 말년에는 큰 액수를 기부해준 독자 후원자가 있어서 곤궁을 벗어나는 데 도움이 되었다.) 그는 자신의 여행가방을 성공적으로 쌀 수 있었다! 그리고 마지막이며 가장 큰 이유는, 나 역시 아르노 슈미트처럼, 북독일의 히스 황무지를 좋아하기 때문이다. 해발 백 미터가 넘지 않는 구릉들, 평원, 모래땅에 흩어진 소나무숲, 초록과 보랏빛 모랫빛이 혼재하는 히스 들판과 습지, 글쓰기 이외에 아무것도 필요로 하지 않는 고독. 아르노 슈미트가 원한 것들이다. 그는 우연히 아무런 연고도 없던 바르그펠트의 낡은 집과 자연을 발견했고, 주변에 교회도 학교도 없이 조용한 이곳에 정착하기로 결심했다. 슈미트는 전후 독일에서 프리랜서 작가로 살아가며 경제적으로 궁핍한 가운데서도 아내에게 일을 하는 대신 온전히 자신과 자신의 글쓰기를 보조해줄 것을 원했다. 결혼 전 비서이자 속기사였던 알리체 슈미트는 거추장스러운 사교와 소통을 일절 피하고자 하는 천재 작가 남편을 대신해 외부와의 통신과 소통을 떠맡았고 일상의 기록을 담당하고 출판 관련 비서 역할을 했으며 궁극적으로는 주부였다. 그들은 가부장적 형태의 작가-비서 커플로 사실상 한 팀을 이루어 일했다. 생전에 그를 알았던 한 사람의 평가에 의하면, 일생 만나본 사람 중에서 아르노 슈미트는 가장 독특하고 인상 깊은 인물이었다고 한다. 우리는 박물관에서 지하로 내려가는 입구를 보았다. 아르노 슈미트는 핵전쟁인 삼차대전이 일어날 것을 두려워하여 지하실에 피난처를 마련하고 비상식량을 보관해두었다고 박물관의 연구 조교는 말했다. 그와 비슷한 시기에 태어난, 세상의 종말을 예감한 작가로 볼프강 힐데스하이머(1916년생)가 있다. 마찬가지로 비슷한 시기, 전후 유럽의 경제적 궁핍 속에서 가족을 부양하느라 쉰이 되어서야 글을 쓰기 시작한 작가 게르하르트 마이어(1917년생)가 있다. 아르노 슈미트의 집은 그의 생전의 모습 거의 그대로 보존되고 있었다. 욕실과 주방도 당시로서는 매우 현대적인 시설로 그가 개조해놓은 그대로였으며 이층에는 대형 브라운관 텔레비전도 있었다. 이곳에서 그가 매일 저녁 시청한 뉴스가 외부 세계와의 유일한 접점이었다고 한다. 일층에는 아르노 슈미트의 서재와 침실, 이층은 아내 알리체의 작업실과 침실 공간이었다.

그들 부부는 사후에 바르그펠트 집의 정원 표석 아래 묻혔다. 표석은 빙하기에 북쪽에서 얼음과 함께 밀려내려왔다가 세월이 흘러 얼음이 녹은 후 독일의 편평한 들판과 평원에 홀로 자리잡게 된 바위들이다. 화장을 할 경우 정원 매장이 허락된다고 박물관의 연구 조교가 말했다. 표석 이외에 무덤에는 아무런 장식도 표식도 없었다. 봉분도 이름도 비문 한 글자도 없었다.

바르그펠트는 아르노 슈미트의 작품에 배경으로 자주 등장한다. 그의 집 근처에 있는 '소나기들판'을 방문해보라고 박물관의 연구 조교는 우리에게 추천했다. 박물관 왼쪽 길로 이 킬로미터 정도 직진하면 왼쪽으로 펼쳐지는 들판이라고 했다. 소나기들판은 아르노 슈미트의 전설적 대표작 『체텔스 트라움』의 배경이기도 하다. A3 사이즈의 판형에 타이프된 활자와 손글씨가 섞여 있으며 1334페이지인 그 책은 출간 즉시 큰 화제가 되었다. 나는 그 책을 갖고 있는 사람을 여럿 알고 있다. 베를린 서가의 주인도 물론 그중 하나이다. 서재에 설교대와 같은 별도의 스탠딩 책상을 만들어 책을 전시하듯 펼쳐놓는 사람도 있다고 들었다. 어쨌든 적어도 독일문학 애호가의 서재에서 『체텔스 트라움』은 방문자에게 깊은 인상을 줄 수 있는 도서 목록 최상위에 속하는 것이다. 반면에 그 책을 끝까지 완독했다는 사람을 나는 개인적으로 단 두 명 알고 있을 뿐이다. 여기에 베를린 서가의 주인은 놀랍게도 속하지 않는다. 그는 아르노 슈미트의 다른 작품들은 두세 번 반복해서 읽었으나 『체텔스 트라움』만은 끝까지 읽지 못했노라고 고백했다.

『체텔스 트라움』은 1968년 어느 여름날 이른아침 산책에 나선 네 사람이 소나기들판의 목초지 철조망을 넘는 장면으로 시작한다. 정확히는 장면 묘사가 아니라 팽팽하게 당겨 벌어진 철조망이 내는 한 단어의 의성어, 그리고 그 의성어를 둘러싼, 벌어진 철조망의 가시 형상인 무수한 × 기호들이다.

우리는 소나기들판을 향해서 걸었다. 길 오른쪽으로는 호수와 숲이 우거진 공원이 있었고 왼쪽은 탁 트인 편평한 들판이었다. 길은 똑바로 앞으로 이어졌고 사람의 모습은 전혀 보이지 않았다. 길가에는 새빨간 열매가 열린 산사나무와 마가목, 사과나무가 서 있었으며 산딸기 덤불에는 검은 딸기가 익었다. 우리는 산딸기를 따 먹으면서 걸었다. 우리의 입술은 금세 검게 물들었다. 초록과 연한 황금색 풀들이 파도와 같은 무늬를 이룬 들판은 편평했고, 간혹 창고나 사냥꾼 초소가 서 있었다. 버터꽃이라 불리는 노란색 키 큰 들꽃들이 무리를 지어 피어 있었다. 구획이 나누어지거나 따로 간판이 있는 것도 아니므로 정확히 어디에서부터 소나기들판이 시작되는지는 알 수 없었다. 우리는 갑자기 걸음을 멈추었다. 오른쪽에 나타난 커다란 창고 앞에 경고판이 붙어 있었기 때문이다. *위험, 늑대 출몰 지역.* 단체로 이동하고 아이들을 특히 유의해서 챙기고 개는 반드시 목줄을 착용해서 데리고 다녀야 한다고 적혀 있었다. 19세기 중반에 사라진 늑대들이 2000년대 이후 히스숲 지역에 다시 나타나기 시작했다는 신문기사를 읽은 기억이 났다. 수백 미터를 더 걸어가니 숲 입구가 나타났다. 우리는 숲으로 더 깊숙이 들어가는 것은 포기했다. 나중에 우리는 스위스의 친구로부터 그곳의 숲에도 늑대의 위험을 경고하는 안내가 있다고 들었다. 하지만 무조건 겁을 주는 차원이 아니라 늑대를 만날 경우 달아나지 말고 그 자리에 서서 큰 소리로 고함을 지른다, 와 같은 행동 요령이 적혀 있다고 했다. 베를린 서가의 주인은 말했다, 아르노 슈미트는 매일 밤 이 길을 산책했다고, 그러므로 사실은 전혀 위험하지 않을 거라는 의견이었다. 하지만 그 시기에는 공식적으로 유럽 숲에 늑대가 없었다. 나중에 우리의 일화를 들은 또다른 친구인 빈프리드도 말하기를, 늑대는 사람을 먹이로 생각하지 않기 때문에 걱정할 필요가 없다고 했다. 단지 먹이가 없어서 굶주린 상태인 한겨울만은 예외이다. 빈프리드는 내가 알고 있는, 『체텔스 트라움』을 끝까지 읽은 두 사람 중 한 명이다. 한쪽 눈이 거의 실명 상태에 가까운 그는 대형 확대경이 있어야만 독서가 가능하며, 그 책을 다 읽는 데 일 년 이상의 시간이 걸렸다고 했다. 또 빈프리드는 말하기를, 자신은 강물에 관한 두 가지 인상 깊은 이야기를 알고 있다고 했다. 하나는 "그 누구도 같은 강물에 두 번 몸을 담그지 못한다"이다. 어느 한 순간이 흘러가버림과 동시에 사람도 강물도 더이상 같은 존재가 아니기 때문이다. 그렇다면 두번째 이야기는 무엇이냐는 질문에 빈프리드는 대답했다. "강가에 계속 앉아 있으면 언젠가는 적의 시체가 떠내려오는 것을 보게 된다."

우리는 늑대를 피해 바르그펠트의 숲에서 달아났다. 소나기들판에서 달아났다. 베를린 서가의 주인은 부러진 나뭇가지를 집어들었다. 어디까지나 만약을 위해서라고 했다. 그러나 나는 정말로 늑대가 나타날 경우 나뭇가지가 도움이 되지는 않을 거라고 생각했다. 바르그펠트 숲 산책을 포기한 것이 나는 기쁘기도 했는데, 대신 우리는 근처의 기프호른 히스로 갈 수 있었기 때문이다.

숲 한가운데에 모래언덕으로 이루어진 우묵한 땅이 나타났다. 마른 강처럼 길게 펼쳐진 저지대의 구릉에는 키 낮은 관목과 보랏빛 히스꽃이 피어 있었다. 사방은 소나무와 자작나무 숲이었다. 이곳은 북독일의 광범위한 히스 황무지 지역인 '뤼

네부르크 히스'의 일부라고 베를린 서가의 주인은 말했다. 기프호른을 포함하여 북쪽 함부르크까지, 엘베강과 알레르강 사이에 펼쳐진 편평하게 파도치는 모양의 북독일 특유의 히스 자연경관이다. 멀리 풀밭 위로 방목하는 양떼가 지나갔다. 평원 위로 불어온 바람에 모래흙이 날리며 사구와 우묵한 구덩이가 형성되었다. 히스를 비롯하여 키 작은 관목들이 자라는 모래언덕과 빙하계곡, 초원, 습지, '슐라트'라고 불리는 얕은 수역, 갈대밭, 황무지, 숲과 어우러진 범람원의 강 저지대가 이 히스 지형의 특징이다. 우리는 모래언덕과 히스 들판을 산책했다. 바람이 모래를 쓸어가버려 뿌리가 허공에 드러난 나무들이 보였다. 오랫동안 히스 황무지는 안개와 음습함, 불모의 모래땅, 가난과 굶주림과 황량함으로만 인식되었다. 히스 황무지의 아름다움을 최초로 발견한 것은 19세기 낭만주의자들이었다. 그중에서도 헤르만 뢴스가 유명하다고 베를린 서가의 주인이 말했다. 그가 말을 마치자마자 우리는 자작나무가 서 있는 모래언덕에서 뢴스의 시가 적힌 기념비를 발견했다. 시비에는 적혀 있었다. "황무지에 세 그루 자작나무가 서 있다……"

아르노 슈미트는 다른 지역에 살 때도 늘 북독일로 오고 싶어했다고 베를린 서가의 주인은 말했다. 나는 게르하르트 마이어의 『죽음의 섬』 마지막 페이지가 생각났다. 그는 썼다, 자신의 사촌누이 한 명은 고향 마을을 떠나 알프스로 갔는데, 그곳에서 향수병으로 죽었다고. 만약 내가 정원 오두막에 살지 않았더라면 게르하르트 마이어를 읽지 않았을 것이고, 설사 읽었더라도 그의 글에서 지금과 같은 인상을 받았을지는 의문이라고 나는 말했다. 우리는 기프호른 히스의 호숫가에 있었다. 호수는 넓었고 주변은 자작나무숲으로 둘러싸였다. 바람이 불어올 때마다 숲 전체는 찰랑거리는 나뭇잎소리로 파도쳤다. 흰 몸통에 검은 날개를 가진 왜가리가 공중을 가로지르며 날아갔다. 그리고 간혹 그보다 더 높은 하늘을 일직선으로 소리도 없이 날아가는 비행기가 있었다. 그 어떤 동요도 없이 똑바로 앞을 향해 직진하는 비행기는 장엄하고 압도적으로 보였다. 놀랍게도 뒤따르는 비행운조차 보이지 않았다. 왜가리가 가진 죽음과 광견병의 미래를, 비행기는 갖지 않은 탓일까. 빠른 속도로 멀리 가는 여행에 대한 흥미가 점점 사라지는 것 같다고 나는 말했다. 아니, 나는 처음부터 그것을 한 번도 좋아한 적이 없었노라고. 나는 언제나 걸어서 여행하고 싶은 꿈을 갖고 있었다고 말했다. 고백하자면, 나는 어디든 걸어서 가고 싶다고. 그렇다면 설사 일생 동안 여행한다고 해도 나는 멀어질 수가 없으리라. 베를린 서가의 주인은 간혹 나를 "아주 먼 곳에서 온 사람"이라고 부른다. 그건 매우 놀라운 사실인데, 나는 단 한 번도 멀어져본 적이 없다는 생각이 들기 때문이다. (그런데 무엇으로부터?) 그렇다면 나는 항상 집에 있었던 것인가. 그건 매우 놀라운 사실인데, 나는 단 한 번도 집에 있다는 느낌을 받아보지 못했기 때문이다. 만약 내가 걸어갈 수 있다면 기쁠 거라고 나는 말했다. 어디로 갈 것인지 알게 되는 그날, 나는 그렇게 해보고 싶노라고.

그리스 식당에서. 눈부시고 차가운 햇빛 아래. 누군가 내 왼팔을 아주 가볍게 건드렸다. 그러나 내 왼편에는 아무도 없었다. 나는 게르하르트 마이어의 마지막 페이지를 닫았다. 다시 왼팔을 수줍게 건드리는 입김과도 같은 감촉. 광장은 텅 비었고 일요일이었다. 우리는 베를린으로 돌아가는 길에 밥을 먹기 위해 이 작은 도시의 식당으로 왔다. 도시의 이름은 슈텐달 Stendal이다. 프랑스의 작가 마리 앙리 베일은 이 도시에서 태어난 요아힘 빙켈만을 기념하기 위해 자신의 필명을 스탕달 Stendhal로 정했다고 전해진다. 볼프강 힐데스하이머의 소설 『마산테Masante』와 『틴셋Tynset』은 모두 일종의 장소를 가리키는 단어이다. 나는 한 장소를 자신의 이름으로 정한 한 사람을 실제로 알고 있다. 작가는 생각한다, 당연하지만 만약에, 돈이 있다면…… 자신의 여행가방을 성공적으로 쌀 수 있었다! 그는 자신의 집 정원 표석 아래 묻혔다. 만약 걸어갈 수 있다면 기쁠 거라고 나는 말했다. 누군가의 숨이 내 왼팔을 쓰다듬었다. 사이-시간을 불어오는 바람. 비밀스러운 기쁨의 순간들. 나는 마침내 내 왼팔을 건드리는 것의 정체를 발견했다. 내 바로 왼쪽 식당 창틀 선반에 제라늄 화분이 놓여 있고 바람이 불 때마다 거기서 제라늄 꽃잎이 하나씩 떨어져내리며 내 팔을 쓰다듬고 지나갔던 것이다. 아무런 소리도 아무런 동요도 없이. 그것은 마치 거미줄처럼 무게 없이 반짝이며 나를 관통해 간 사이-현상의 언어와도 같았다. 그러므로 한 사람이 두 번 다시 같은 빛 속에 있지 못하리라. 식탁 위에는 붉은 제라늄 꽃잎이 흩어져 있었다. 게르하르트 마이어는 썼다, 사촌누이 한 명은 고향 마을을 떠나 알프스로 갔는데 그곳에서 향수병으로 죽었다고. 황무지에는 세 그루 자작나무가 서 있었다. 나무 아래서 우리는 한 알의 사과를 동시에 양쪽에서 깨물었다. 9월, 기프호른 히스의 황무지에서.

고통

안개. 축축한 날들이 이어졌다. 비 온 다음날 테라스 앞 정원에는 연한 회색의 안개모자버섯이 마치 알류샨 열도처럼 긴 활 모양을 이루며 소복이 솟아났다. 처음 발견했을 때 작은 주먹만하던 그것은 겨우 이틀 뒤에는 놀랍게도 거의 열 배쯤 크기가 커져, 누군가 정원에 펼쳐놓은 야외용 의자처럼 보였다. 짙은 갈색의 통통한 민달팽이가 버섯을 파고들며 부드럽고 폭신한 살을 파먹고 있었다. 숲이나 초원에서 발견되는 버섯은 종에 따라서 묘하게 커다란 원이나 반원 형태로 군집해 자라는 경우가 있는데, 그것을 '마녀의 고리'라고 부른다고 베를린 서가의 주인은 말했다. 과거 농부들은 그 장소에서 마녀들이 모임을 갖는다고 믿었기에 그런 이름이 붙은 것이다. 공작 꼬리를 가진 야생 비둘기가 나뭇가지 사이를 분주하게 오가며 가지를 물어 나른다. 맑고 높은 소리를 내며 지붕에 떨어져 또르륵 굴러가는 떡갈나무 열매. 간혹 일순간 구름이 열릴 때마다 바람에 흔들리는 투야나무 울타리 뒤편으로 선명한 그림자를 만들며 지나가는 짧고 환한 햇빛. 그러나 잠시 후 생각난 듯이 다시 후드득 떨어지는 빗방울들. 젖은 깃발처럼 무겁게 술렁이는 나뭇잎. 저절로 존재하는 정원의 소리들. 비 내린 이후 기온은 내려가고 까마귀들이 일제히 운다. 날개와 머리, 눈동자가 검은색이고 몸통이 회색인 큰 까마귀인데 안개까마귀라는 이름으로도 불린다. 안개까마귀의 울음은 앞으로 다가올 눈과 서리와 겨울바람을 선취한다. 그리하여 우리는 일순 눈과 서리와 겨울바람 안에 있게 된다. 얼음처럼 차갑게 바스락거리는 공기.

그리고 안개. 햇빛이 비치기 시작하는 이른아침, 공기는 푸르스름하고 투명한데 초록 들판을 낮게 뒤덮은 흰 안개는 짙고 자욱하다. 대기 중에 가득 펴져 시야를 가리는 안개가 아니라 햇살이 반짝이는 대기 아랫부분 지표면에 고인 채 이불처럼 우리의 발을 덮는 들판 안개이다. 아침 산책에 나선 우리는 마치 발이 없는 것처럼, 안개를 헤치고 걷는다. 이슬에 축축하게 젖은 키 큰 풀들이 수그린 고개를 안개 위로 내밀고 있었다. 우리가 사용하는 오래된 이불은 커다란 천 주머니에 깃털을 가득 넣은 것인데, 현대식 이불과는 다르게 깃털 뭉침을 방지하는 중간 박음질이 되어 있지 않다. 그래서 아침마다 이불을 털어 충전재인 깃털을 다시 고르게 펴주어야 한다. 그것은 단어 그대로, 깃털이 가득찬 자루이다. 가을이 깊어지기 전에 풀을 베어낸 들판에서 잠을 자고 싶다고 베를린 서가의 주인은 말했다. 한낮 햇빛의 온기가 아직 사라지지 않은 건초 위에 깃털 자루를 이불 삼아 덮고. 십 년 전 우리가 북독일의 한 늪지 마을에서 그랬던 것처럼. 그해에 우리는 발트해 부근의 마을에서 한 달여를 보냈다. 마을 근처 들판에는 구석기시대의 돌무덤 유적이 있었고 우리는 그 무덤 곁에서 하룻밤을 야영하기로 했다. 우리는 텐트가 없었으므로 모닥불을 피우고 침낭 속에서 잠이 들었는데, 밤에 비가 내리기 시작했다. 다행히 근처에 지붕이 있는 벤치가 있어서 우리는 서둘러 침낭과 물건들을 그곳으로 옮겼다. 노루 사냥철이었고 사냥꾼들의 총소리가 들려왔다. 멀리 숲 가장자리의 나무들은 두 팔을 높이 쳐들고 몸을 흔들며 느리게 춤추는 거인의 모습이었다. 탁 트인 들판의 밤은 물속처럼 꿈틀거리는 투명한 어둠이었다. 모든 것이 살아 있었고, 모든 것이 다르게 살아 있었다. 나는 사냥꾼들이 들판에서 침낭을 뒤집어쓴 채 움직이는 우리를 곰으로 오인하지 않기를 바랐다. 다음날 눈을 떴을 때 내가 가장 먼저 본 것은 들판 한가운데 서 있는 커다란 연갈색 들토끼였다. 기다란 귀와 둥그렇게 살짝 튀어나온 눈이 아니라면 나는 그것이 사냥개라고 생각했을 것이다. 더없이 심술궂은 표정으로 우리를 노려보던 토끼는 엄청나게 긴 뒷다리로 들판을 펄쩍이며 뛰어갔다.

습기를 머금은 깃털 이불은 점점 주체할 수 없이 무거워지고 마침내는 잠들 때마다 마치 안개 속에 있는 듯한 기분이 든다고 나는 베를린 서가의 주인에게 말했다. 그러자 그는 대답했다, 원래 그런 것이라고. 깃털 이불이란 원래 그런 것이고, 단단하게 지어진 집과 야외 잠자리의 중간쯤 되는 정원 오두막에서의 잠이란 원래 그런 것이고, 차가운 비와 버섯과 습기의 계절이란 원래 그런 것이라고. 추분이 다가오고, 거의 매일 비가 내렸다. 정원은 차가운 습기를 머금었다. 오두막의 벽과 테라스의 계단과 장작이 젖었다. 비의 차가움에 대해서 생각하면, 가장 먼저 나는 조이스의 책 『더블린 사람들』의 마지막 글인 「죽은 자들」이 떠오른다. 게이브리얼의 아내 그레타의 소녀 시절 그녀를 사랑하던 남자친구 마이클 퓨리가 빗속에서 그녀를 기다리다가 죽었다. 한 파티에서 노래 〈오림의 처녀The

Lass of Aughrim〉를 듣던 그레타는 죽은 퓨리를 생각한다. "아마도 그는 나를 위해서 죽은 것 같아요" 하고 그레타는 말한다. 아내의 고백을 들은 게이브리얼은 자신이 일생 동안 단 한 번도 그토록 죽음을 불사할 만큼 강렬한 사랑을 경험해보지 못했음을 비통하게 깨닫는다. (그런데 이 에피소드는 조이스의 연인이자 이후 아내가 된 노라 바나클의 실제 이야기였다.)

아침에 테라스에서 밥을 먹기 위해 나는 티셔츠와 스웨터를 겹쳐 입고 두터운 털모자를 쓴다. 아무리 춥더라도 테라스의 아침식사는 우리가 포기하지 못하는 것 중의 하나이다. 나는 몇 년 전 몇 벌의 두툼한 겨울옷이 든 가방을 이곳으로 가져와 침대 아래에 밀어넣은 채 잊고 있었는데, 지금은 그게 있어서 얼마나 다행인지 모른다. 우리는 식료품 등 아주 필수적인 물건을 제외하고는 구매를 거의 하지 않으며 기존에 갖고 있던 낡은 겨울옷과 구멍난 담요, 양털 방석과 침낭으로 추위를 막는 것에 익숙하다. 소비를 최소화하는 것은 일차적으로 마음에 평화를 얻는다는 점에서 좋기도 하지만 경제적인 이유도 있다. 어쨌든 우리는 절약하며 살아야 하는 입장이다. 하지만 가장 중요한 이유는 새 물건을 사기 위해 도시의 번쩍거리는 쇼핑센터를 방문하기를 원치 않기 때문이다. 아주 가끔 우리는 주말에만 열리는 마을의 창고형 벼룩시장으로 가서 접시나 그림, 컵과 양탄자, 버터그릇과 항아리 등 생활에 필요한 소소한 물건을 산다. 책은 마을 서점을 통해서 주문한다. 어쩌다 햇빛이 비치는 날, 마을 광장의 이탈리안 카페에서 즐기는 커피와 한 조각의 케이크는 우리가 누리는 최고의 사치이다.

우리는 매일 아침 테라스에 불을 피운다. 여름이 끝나기가 무섭게 냉랭하고 축축한 날들이 이어졌다. 들판의 자우어암퍼들은 검게 변했고, 점점 더 들판 가운데로 멀어지고 있다. 왜가리가 날아가는 하늘은 청동빛으로 무겁다. 나는 벽장 구석에서 베를린 서가의 주인이 입던 낡은 겉옷을 발견했고 항상 그것을 걸치고 다닌다. 베를린 서가의 주인조차 언제 어디서 샀는지 기억하지 못하는 옷이다. 아마도 그는 자신에게 그런 옷이 있다는 사실도 모르고 있었을 것이다. 최소한 이십 년 이상 된 듯한 그 검은색 파카는 충전재인 솜이 좀 뭉쳐 있고 내게는 너무 컸지만 그래도 부드러운 안감이 있어서 따뜻했고 안개 낀 들판을 산책하는 데 문제가 없었다. 우리는 아침식사로 무쇠냄비 뚜껑에 호박과 사과, 아보카도, 오이, 파프리카, 토마토, 양배추와 브로콜리를 볶아 빵과 함께 먹었다. 빵에는 올리브기름을 듬뿍 뿌렸다. 밥을 먹던 중 나는 베를린 서가의 주인에게 "당신은 누구인가?" 하고 물었다. 아무런 의도 없이 내 입에서 즉흥적으로 나온 질문이었다. 그는 전혀 동요하지 않은 채, "나는 안개다"라고 즉시 대답했다.

그날 저녁 우리를 방문한 친구 W는 정원에서 자라는 버섯을 따 가도 좋으냐고 물었다. 연극배우인 W는 가을마다 숲으로 버섯을 따러 가는 사람이었다. 여름 내내, 그는 아내와 함께 이탈리아 남부 해안을 버스로 여행했다고 말했다. 여행을 위해 간단한 숙식이 가능하도록 개조된 미니버스를 구매했다. 그들은 지난 이십여 년 동안 이탈리아에서 살았고 그래서 그 나라를, 특히 남부 이탈리아를 잘 알고 있었다. 여행 내내 그는 버지니아 울프를 읽었다고 했다. 어느 날 전쟁 소식이 들려왔고, 잿빛의 암울한 전망으로부터 도피하고자 하는 마음과 일말의 해답을 구하는 마음으로 울프의 산문집 『3기니』를 읽게 되었는데, 그 이후로 연이어서 울프의 거의 모든 작품을 읽었다고 했다. 울프를 읽는 일을 도저히 멈출 수가 없었다고 그는 말했다. 특히 남부 이탈리아 바닷가에서 『파도』를 읽었던 일은 잊을 수 없다고 했다. 우리 셋은 장작이 연기를 내며 타고 있는 테라스에 둘러앉아 있었다. 어둠이 내린 정원에는 빗방울이 드문드문 떨어지고 있었다. 베를린 서가의 주인도 자신이 『파도』를 읽으며 느꼈던 감동에 대해서 이야기했다. 그는 어느 여름날 저녁, 창을 활짝 열어놓은 거실 소파에 누워 『파도』를 펼쳐들었고, 읽기 시작한 직후 너무도 벅찬 마음에 창밖의 거리를 지나가는 사람들이 깜짝 놀랄 만큼 커다란 비명을 지를 수밖에 없었노라고. 비가 잠시 그치자 우리는 큰곰자리의 희미한 별들 아래서 잠시 밤의 들판을 산책했다. 불빛 하나 보이지 않았다. 들판 너머 오두막들의 창은 모두 어두웠다. 우리는 이곳의 유일한 거주자였다.

밤에는 비바람이 거셌다. 정원의 풀들은 저녁 내내 어지럽게 술렁였다. 바람소리가 들릴 때마다 나는 유리창 너머로 정원을 내다보았다. 낡은 나무 덧문이 바람에 흔들리며 계속해서 끼익거렸다. 이렇게 거센 회오리바람을 '바람의 신부'라고 불렀다고 베를린 서가의 주인이 말했다. 바람이 거세게 부는 날이면 사람들은 '바람의 신부가 춤춘다'고 했다고. 이런 바람이 불고 난 다음 숲속 산책을 할 때 조심해야 한다. 약해진 가지가 부러져 땅으로 떨어질 수 있기 때문이다. 우리가 숲을 걸을 때 베를린 서가의 주인은 바람에 반쯤 꺾여 있는 큰 가지나 상처를 입고 기울어진 나무들을 유심히 살핀다. 운이 나쁘면, 그 아래를 지나가다가 다칠 수도 있다는 것이다. 그가 어릴 때 집에서 일하던 일꾼 한 명이 그런 사고로 죽었다고 했다. 무더운 여름날 땀을 흘린 뒤에 급하게 호수로 뛰어들어 수영하다가 심장마비로 죽은 일꾼도 두 명이나 된다.

그날 밤 나는 잠자리에서 거절의 편지를 썼다. 만나고 싶지 않다고, 너에게 이렇게 말해야 하는 것이 마음이 아프지만 우리는 당분간 아무도 만나고 싶지 않다고, 지금 우리가 머물고 있는 묵직한 깃털 자루와 축축한 풀과 숲의 습기를 막아내지 못하는 얇은 벽을 가진 헛간과도 같은 이 집에서 떠나고 싶지 않다고, 우리를 떨게 하는 이 추위로부터 잠시라도 달아나고 싶지 않다고, 무엇보다도 지금 우리가 머물고 있는 이 글쓰기의 상태를 중단하고 싶지 않다고, 그러나 내가 너를 만나고 싶지 않은 진짜 이유에 대해서는 나는 결코 누설할 수가 없으므로, 이 집과 장소와 고독에 대해서 계속해서 말할 수밖에 없다고.

잠들기 전, 옆방에서는 베를린 서가의 주인이 켜놓은 아르노 슈미트의 텍스트 낭송이 들려왔다. "들판을 뒤덮은 안개의 이불 위로 소의 이마가 떠가는 것이 보였다." 아르노 슈미트는 최고의 낭독가였다고 베를린 서가의 주인은 말했다. 그의 낭독은 설사 텍스트를 이해하지 못할지라도 그대로 들린다. 과장이나 흥분은 전혀 없는데 너무 분명하여 마치 똑바로 들여다보는 시선과도 같다. 아르노 슈미트는 가면의 얼굴을 가진 사람이었다. 그의 얼굴을 보고 처음부터 호감을 느끼기란 쉽지 않다. 나 역시 처음에는 그 얼굴에 거부감을 가졌다. 카메라를 가져다대면, 그 얼굴은 더더욱 가면처럼 변했다고 전해진다.

우리의 생활은 극단적으로 단순하기 때문에, 극히 작은 일도 우리를 행복하게 만드는 사건이 된다. 예를 들자면 따뜻한 우유와 오트밀로 저녁식사를 하면서 거기에 집에서 직접 만든 자두잼을 넣을 수 있을 때. 다른 과일잼과는 달리 새콤한 맛이 일품인 자두잼은 우리를 행복하게 만든다. 자두잼 이외에도 우리가 함께 좋아하는 음식이 있다. 그것은 빵이다. 그런데 맛있는 빵을 먹기 위해서는 매일 빵집으로 가야 하지만 정원 오두막에서는 그것이 힘들고 또 우리는 그 정도로 부지런하지는 않다. 나는 간혹 직접 빵을 굽는다. 물론 빵집에서 산 빵처럼 모양이나 맛이 좋지는 않고 항상 다른 이유로 실패하는 바람에 뭔가가 살짝 모자라는 빵이 만들어지곤 한다. 오두막에는 빵틀이 없기 때문에 나는 뚜껑이 달린 커다란 무쇠솥에 빵을 굽는다. 베이킹용 종이를 깐 무쇠솥에 빵 반죽을 넣고 윗부분에 십자로 칼자국을 낸 다음 밀가루를 뿌리고 뚜껑을 덮은 뒤 오븐에 굽는다. 모양은 엉성하지만 오븐에서 꺼내 조금 식힌 뒤 아직 따뜻한 상태로 소금과 올리브기름을 뿌려 먹는 빵은 내가 가장 좋아하는 음식 중 하나이다. 봄에 남쪽을 여행하면서 먹었던 향기로운 빵의 기억은 아직도 남아 있다. 남쪽 지방 출신인 베를린 서가의 주인은 정말 잊지 못할 최고의 빵으로 어린 시절 수녀원 기숙학교에서 먹었던 빵을 떠올린다. 아침식사로 수녀원에서 직접 구운 빵이 나왔던 것이다. 거기에 근처 농가에서 직접 만든 싱싱한 버터가 곁들여졌다. 그리고 한 잔의 치커리 커피. 그것이 아이들의 아침식사 메뉴였다. 치커리 커피는 진짜 커피가 아니지만 전쟁중 커피 보급이 없던 시절 독일인들에게 커피 대용이 되어주었다. 커피와 비슷하지만 훨씬 맛이 연해서 아이들도 마셨다고 했다. 빵과 버터는 정말로 맛이 좋았기에 지금도 생각날 정도이지만 점심식사는 끔찍했다. 베를린 서가의 주인이 너무도 싫어하는 음식인 국물에 끓인 고기 종류였기 때문이다. 그는 말했다, 자신은 기숙학교의 엄격한 규율이나 혹독한 암기교육, 수녀들의 폭력성 등 그 무엇도 두렵지 않았으나 점심식사 시간만은 고통스러웠다고. 접시에 받은 음식은 그 무엇이라도 한 톨도 남겨서는 안 되었다. 억지로 먹다가 구토를 하면, 자신의 구토물이라도 끝내 먹어치워야만 했다는 것이다. 설마 구토를 한 적은 없겠지, 하고 내가 놀라서 물으니 그는 "너무도 자주"라고 대답했다.

베를린 집 근처에는 헌책방이 있다. 헌책뿐만이 아니라 중고 레코드판과 음반, 영화 등을 판매하는데 헌책 한 권의 가격이 보통 1유로로 저렴한데다 좋은 책을 종종 발견할 수 있기에 베를린 서가의 주인이 가장 좋아하는 가게이다. 가게 주인과 친하게 지내는 베를린 서가의 주인은 언젠가 그의 초대로 상점 위층에 있는 그의 살림집을 둘러보았다고 한다. 그곳은 마치 보물창고 같았다고 베를린 서가의 주인은 말했다. 헌책방 주인은 집에 가득히 쌓인 책과 음반을 그때그때 필요한 만큼 골라내어 아래층 상점으로 가져와서 전시한다고 했다. 헌책방 주인은 항상 담배를 피우고 있는 마른 체형의 남자로 작년에 그의 아내가 아이를 낳았다. 최근 오랜만에 헌책방에 들른 베를린 서가의 주인은 새로운 책들이 잔뜩 상점으로 내려온 것을 발견하고는 기쁨에 어쩔 줄을 몰랐다. 그는 양손 가득히 책을 골라 들고 왔는데, 그중에는 나를 위해 찾아냈다는 뒤라스의 『고통』이 있었다. 나는 『고통』을 읽기 시작했다.

우리는 불가피한 용무가 있을 때만 베를린으로 나오는데, 이번에는 집 근처 작은 극장에서 열리는 문학영화 상영회를 보기 위해서였다. 극장은 낡은 건물 삼층에 있었고 좁은 시멘트 계단을 올라가야 했다. 우리가 본 영화는 〈어둠의 섬 빛의 섬〉으로 시인 PB에 관한 다큐멘터리+포엠 형식의 실험영화였다. 우리는 그 영화를 이미 작년에 프랑크푸르트에서 보았지만 베를린에서 상영된다면 한번 더 보는 것도 좋다고 생각했다. 두번째 본 영화는 더욱 깊은 인상으로 남았다. 영화의 마지막 이십여 분은 감독 특유의 아방가르드식 영상이었는데 나는 특히 그 부분이 마음에 들었다. 그리스에서 찍었다는 흑백 촬영분은 타르코프스키를 강하게 연상시켰다. 감독은 어느 날 우연히 손에 들어온 PB의 시집을 읽었고, 시인에게 매료되어 그에 관한 영화를 만들 것을 결심했다고 한다. 하지만 감독은 예술영화 프로젝트를 지원하는 그 어떤 공공 지원금도 받지 못했고, 순전히 그 자신의 돈으로 모든 비용을 지불하며 영화를 완성했다. 시인 PB는 영화가 어떤 모양새로 완성될지 무척 궁금해하고 기대하였으나 촬영이 마무리되기 이전인 2018년에 갑자기 죽었다. 문학과 작가를 소재로 한 포에틱-다큐멘터리 영화는 어쩔 수 없이 우리의 큰 관심사인데, 이 장르는 매우 마이너하기 때문에 수준을 갖춘 작품을 만나기란 아주 어려운 것 같다고 나는 말했다. 대개의 경우는 페터 한트케의 영화 〈숲에 있다, 아마도 나는 늦을 것 같다〉처럼, 잘 만든 경우라 할지라도 작가에 관련한 보여주기 차원을 크게 벗어나지 않기 때문이다. (반면에 화가나 음악가 등을 소재로 한 영화는 더 다채롭고 종류도 다양한 듯하다.) 그런 점에서 영화가 다루는 시인 PB에 대한 내 견해와는 별개로, 〈어둠의 섬 빛의 섬〉과 같은 영화를 볼 수 있다는 점이 기뻤다고. 영화에는 PB의 낭독회 장면과 더불어 시인의 실제 낭독 음성이 상당 부분 들어간다. 베를린 서가의 주인은 특히 시인의 발성이 부정확하여 시어 전달이 힘든 점을 안타까워했다. 만약 자신이라면, 단 한 번만이라도 전문 배우를 기용해 낭독을 맡겼을 텐데 하면서 말이다. 아마도 그건 감독이 가능하면 비용을 줄이려고 했을 것 같고, 또한 그는 베를린 서가의 주인처럼 라디오극 감독이 아니라서 문학 텍스트 낭독의 중요성을 크게 의식하지 않았기 때문일 거라고 나는 대답했다. '문학을 다룬 포에틱-다큐멘터리'라는 내 말을 듣자 베를린 서가의 주인은 내게 두 편의 영화를 추천하고 싶다고 말했다. 하나는 조지아의 세르게이 파라자노프 감독이 만든 1969년 영화인 〈석류의 빛깔〉이다. 그 영화는 아르메니아의 음악가이자 시인이며 성직자였던 사야트 노바의 일생을 초현실적인 기법으로 보여준다. (같은 해 만들어진, 조지아 출신인 화가 니코 피로스마니를 다룬 러시아 영화 〈피로스마니〉를 연상시키기도 한다.) 베를린 서가의 주인은 젊은 시절 당시 러시아였던 조지아에서 실제로 파라자노프 감독을 만난 적이 있다고 했다. 그는 또한 만 레이의 단편영화 〈바다의 별〉을 언급했다. '바다의 별'이란 불가사리를 말한다. 만 레이는 프랑스 초현실주의 작가 로베르 데스노스의 습작 원고를 바탕으로 이 단편을 만들었다고 했다. 문학영화 상영회의 프로그램에서 나는 FM을 다룬 영화

〈글쓰기와 침묵〉을 발견했다. 다큐멘터리를 만드는 여성 감독의 작품으로 이 주 후에 상영될 예정이었다.

또다시 안개. 땅 안개 혹은 안개 이불이라고 불리는 가을 들판의 안개, 이번에는 해질녘 산책길에서이다. 안개는 들판 위에 단단한 흰 띠처럼 바닥에 깔리며 번져나가고 있었다. 흰색의 짙은 안개는 지상에 아주 낮게 깔려 있어서 처음에 나는 이른 서리가 풀밭을 하얗게 뒤덮고 있다고 생각했다. 물방울을 머금은 무거운 안개는 바닥에 쏟아진 우유가 번지듯이 빠른 속도로 확장되며 우리를 향해서 밀려왔다. 우리는 안개의 습기찬 숨소리를 듣는 듯했다. 태양이 지고 있었고 낮은 하늘의 구름은 검푸른 광채로 둘러싸였다. 인적 없는 길, 가로등의 오렌지색 불이 켜지기 시작했다. 저녁 안개 속 들판을 지나가는 사람은 흰빛의 안개 위를 떠가는 신체의 일부만이 보이게 된다고 베를린 서가의 주인이 말했다. 가지를 치켜든 검은 나무들은 물에 잠긴 듯이 보인다. 우리는 발 없이 걷게 될 것이다. 들판 한가운데의 검은 자우어암퍼들이 멀어진다. 길가의 로즈힙 덤불, 붉은 장미 열매들. 개 한 마리가 안개 속으로 사라졌다가 다시 들판 바깥으로 달려갔다. 이 안개는 모든 것을 지상에서 한 뼘쯤 위로 떠 있게 만든다고 베를린 서가의 주인은 말했다. 우리는 우리의 발을 보지 못한 채로 걷게 되겠지, 하고 그는 말했다. 우리는 마치 발이 없는 것처럼, 안개를 헤치고 걸었다. 이제 머지않아 거친 서리가 내리면 호숫가의 나무들은 바람의 방향에 따라 형성된 바늘 모양의 얼음을 뒤집어쓰고 반짝일 것이다. 숲 전체가 반짝일 것이다. 우리는 차가움과 습기가 만들어낸 얼음의 숲을 걸을 것이다. 거무스름하게 부풀어오른 호수의 물이 끝없는 눈동자처럼 우리를 따르며 우리를 바라볼 것이다.

『고통』을 읽는 것은 고통스럽다고 나는 잠들기 전 베를린 서가의 주인에게 말했다. 그럼에도 나는 『고통』을 읽기를 멈출 수 없었노라고. 그때 사람들은 분명 세상의 종말을 살고 있었다고, 마치 지금의 우리가 그렇듯이. 그때 사람들은 분명 세상의 종말을 체험했고, 그래서 그 사실을 알고 책에 쓰기도 했으나 우리는 그것을 잊었다고, 그래서 마치 지금 처음으로, 정말로, 이전에 없었던 재앙을 비로소 마주친 듯이, 그렇게 느끼는 거라고 말했다. 강제수용소로 끌려간 사람들의 고통은 감히 상상도 할 수 없다. 그리고 끌려간 사람을 기다리는 자의 고통이 있다. 기다림의 고통을 책으로 쓴 자의 고통이 있다. 기다림은 우리가 살아가는 한 상태이다. 안개 속에 있는 그 무엇을 기다림. 아무도 안개 속을 보지 못한다. 기다림은 영혼을 느리게 죽인다. 마침내 한 사람이 돌아온 후, 돌아온 자나 기다린 자 모두, 세계의 종말과 인간성의 붕괴를 체험하고 목격한 자들 모두 더이상 과거의 그 사람이 아니다. 그런데 이 고통은 과연 치유되었을까? 안개는 부유하듯 지상의 이곳저곳을 떠돌며, 들판을 뒤덮은 안개의 이불 위로 고통의 검은 이마가 떠가는 것이 보이다가 사라진다. 검은 자우어암퍼들이 달아나듯 멀어진다. 우리는 마치 고통을 모르는 것처럼, 한 번도 고통을 겪지 않은 것처럼, 그렇게 고통을 잊었다. 그러다 햇빛이 비치는 어느 날, 갑작스럽게 나타난 안개가 들판을 덮듯이 다시금 우리는 고통을 각성한다. 고통이 곧 우리의 대지였음을 깨닫는다. 우리는 거기서 피어난 서리이고 안개, 그리고 자우어암퍼들이다. 나는 그것이 사라지지 않았음을 깨닫는다. 단 한 번도 사라진 적이 없었다. 단지 시야에서 잠시 보이지 않았을 뿐. 아아, 따뜻한 바닷가에서 『파도』를 읽는 여름은 두 번 다시 가능할 것인가. 만약 그런 여름이 다시 온다면, 우리는 마침내 평화가 왔다고 착각할 것이다. 단 한 번도 있지 않았던 평화, 단 한 번도 끝나지 않았던 전쟁, 단 한 번도 중단된 적이 없었던 기다림. 지금 우리가 겪는 이 암울함은 사실은 지속되는 한 권의 책과 같다고 나는 말했다. 신은 책 읽기를 멈추지 않는다. 신은 햇살 환한 따뜻한 남쪽 바닷가에서 『고통』을 읽는 자이다. 그는 『고통』을 읽기를 멈출 수 없다. 그가 책을 읽는 한, 우리는 책에 적힌 자들이다. 끌려간 자이며 기다리는 자이다. (그렇다면 밀고자와 고문자들은 어디에 있는가?) 안개는 부유하듯 지상의 이곳저곳을 떠돌며, 검은 소의 이마가 안개 위로 솟구치듯 나타났다 사라진다. 이제 나는 안다. 우리는 책에 적힌 이름들이다. 책에 적힌 고통이 우리 자신이다. 그리하여 마침내, 자기 자신으로부터 아무것도 남지 않은 자, 작별하는 자이다.

내가 잠드는 순간, 옆방에서 아르노 슈미트의 음성이 들려왔다. 꿈속에서 나는 계속해서 그 목소리를 듣고 있었다. 전쟁을 체험했으며 사람들의 사회를 피하고자 했던 아르노 슈미트는 썼다. "나는 히스 황무지를 섬긴다, 나는 잎들의 숭배자이며 바람을 연모하는 자이다."

고요. 회색.

아침에 잠에서 깬 나는 가장 먼저 꿈을 생각한다. 그리고 당연하게도 다음 순간, 꿈을 완전히 잊는다. 극히 예외적인 일이지만 꿈을 기록하기도 하는데, 많아야 일 년에 한두 번 정도이다. 나는 부지런한 기록자가 아니기 때문이다. 기록된 꿈은 기억에서는 사라지지만 편지의 형태로 남는다. 언젠가 라디오에서 들었다. "꿈은 우리가 우리 자신에게 보내는 편지이다." 꿈에서 나는 묘지에 있었다. 나는 내가 아는 하나의 무덤을 향해 다가갔다. 묘석 위에 낙엽이 붙어 있었다. 몸을 기울여 묘석을 들여다보자 그것은 낙엽이 아니라 놀랍게도 내 출생증명서였다. 나는 처음 보는 그것을 읽느라 발길을 떼지 못한다. 내 등

뒤로 다가왔다가 다시 떠나가는 발소리가 들렸다. 두텁게 쌓인 낙엽을 디디는 여러 사람의 발소리. 속삭임 같은 발소리. 나는 내가 그 무덤 앞 납작한 돌에 머리를 대고 잠이 들 것을 알았다. 등뒤에서 당신이 내게 말했다, 너무 빠르고 급하게 가지 말아요. 느리게, 천천히 가야 합니다…… 고개를 돌리려고 했으나 나는 잠에서 깨어났다.

아무런 특별한 사건이 일어나지 않는, 평범하고 단조로운 일상의 마음으로 이루어진 무표정한 꿈의 '가까움'이 나를 마비되게 만든다.

나는 아침의 정원으로 나간다. 아직 완전히 날이 밝지는 않았다. 정원은 어젯밤의 비와 이슬과 안개에 젖어 있다. 태양은 보이지 않고, 밤이 납처럼 회색으로 녹아 흘러내리는 이른 아침, 대기는 축축하면서도 온화한 차가움이다. 축축한 낙엽이 떨어져내리는 소리가 끊임없이 들려온다. 속삭임 같은. 낙엽이 모든 것을 덮었다. 몸에 담요를 두른 나는 발아래 쌓인 낙엽을 헤치며 정원에 떨어진 나뭇가지를 주워모은다. 낙엽은 매일매일 색이 점점 더 짙어지고 점점 더 커지고 강렬해진다. 낙엽의 아름다움, 낙엽의 바스락거림을 나는 들이마신다. 빨갛게 열린 마가목 열매 아래서. 어느 날이 있었다. 나는 기차역으로 갔으나 어떤 이유로 인해 기차를 놓쳤다고 믿었다. 절망에 빠진 나는 몸을 돌렸고, 거기 반대편 플랫폼에서 내가 타야 할 기차를 발견했다. 우리는 기차를 타고 갔다. 기차는 낙엽이 터널처럼 쏟아져내리는 가로수길을 지나갔다. 유리창 밖에 빨갛게 열린 마가목-삶이 있다. 무표정한 꿈의 가까움. 우리의 손은 그늘 속에서 서로의 손을 감싸쥐었다. 아니 그것은 붉은 마가목 열매가 달린 가지였던가. 식당칸에서 풍겨오던 커피 냄새가 기억난다. 이것이 내 생애 최초의 여행임을 나는 갑작스럽게 깨달았다. 차창 밖으로 지나가버린 가을의 아침. 우리는 과연 낙엽처럼 아름답게 바스락거리며 인생을 탕진했던가? 흙과 돌과 뼈 들이 우리의 등뒤에서 고요히 번성해가는 중에.

간혹 바람이 그칠 때마다 새소리가 들린다. 바람이 이유 없이 갑작스럽게 그칠 때 정원은 신비로운 사이-시간에 잠긴다. 작은 풀잎 하나까지도 꼼짝하지 않는다. 모든 것은 깊은 생각에 잠긴 채로 그 자리에서 죽는다. 죽음 뒤에, 생각만이 잠시 여운으로 머문다. 다시 바람이 불어와 재와 뒤섞여 허공으로 회오리치며 날려 흩어질 때까지. 나는 빗자루를 들고 테라스에 날아와 쌓인 낙엽을 쓸어낸다. 화로에 작은 나뭇가지를 쌓고 그 위에 장작을 얹어 불을 피운다. 정원에서 직접 구할 수 있는 잔가지는 불이 쉽게 붙어서 편리하지만 너무 빨리

타버리고 만다. 그래서 불이 활활 탈 때 통나무 장작을 한두 개 올려주어야 한다. 돈을 주고 구입해야 하는 통나무 장작은 오래 타고 강한 열기를 내지만 낭비할 수 없으므로 장작불이 오렌지빛으로 이글거릴 정도가 되면 그다음에 석탄을 쌓는다. 물을 끓여 커피를 만들고 테라스의 일광욕 의자에 앉아 슬리핑백을 몸에 두르고 책을 읽는다. 한두 페이지 혹은 한두 줄이라도 상관없이. 혹은 편지를 쓴다. 한두 페이지 혹은 한두 줄이라도 상관없이. 처마에 매달아둔 종이 끊임없이 소리를 낸다. 바람은 나무들을 흔들고 지난밤 쓰다가 놓아둔 탁자 위 종이들을 날려버린다. 장작불이 타면서 날리는 재가 탁자 위에 쌓이고 커피잔에도 들어간다. 우리가 정원에서 입는 옷과 담요에는 불씨가 튀며 생긴 구멍이 나 있다. 우리는 개의치 않는다. 나는 모로코에서 산 푸른색 모직 망토를 담요처럼 뒤집어쓰고 서서 정원을 내려다본다. 마치 한 번도 편지를 쓰지 않은 것처럼, 그렇게 나는 계속해서 편지를 쓴다. 내가 편지를 쓰는 방식은 편지를 잊는 것이다. 내 편지의 처음이 되었던 '당신'은 지금 내가 부르는 '당신'이 아니다. 그런데 나는 당신의 이름을 모르기에, 아마도 이 편지는 나 자신의 이름이 수신인으로 적힌 봉투에 담길 것이다. 바람에 흩어진 편지는 시작도 처음도 없이, 정원의 낙엽처럼 회오리치며 날아올라 오래된 벽과 창문을 두드린다. 테라스 난간에는 여름에 말라죽은 메뚜기, 거미줄, 깨진 찻잔, 녹슨 쇠접시, 양초, 조약돌, 구슬 목걸이, 신문에서 오려낸 시, 개의 해골, 붉은 물감이 말라붙은 붓, 자작나무 장작 한 덩이, 잣나무 열매, 거울 조각 그리고

고요. 회색.

얼마 전 우리는 동시에 로베르 팽제의 책 『르 리베라Le Libera』를 읽기 시작했다. 베를린 서가의 주인이 같은 책을 두 권 갖고 있기에 가능한 일이었다. 읽기 시작한 지 얼마 지나지 않아 나는 곧 이 책이 팽제의 다른 책인 『파사칼리아Passacaille』를 위한 일종의 사전 작업임을 알아차렸다. 실제로 『르 리베라』는 『파사칼리아』 직전에 쓰인 작품이기도 했다. 우리는 둘 다 『파사칼리아』에 매혹되었던 자들이다. 나는 올초에, 그리고 베를린 서가의 주인은 삼십 년 전에. 그래서 나는 『르 리베라』를 덮으며 생각했다. '『파사칼리아』를 다시 읽어야겠어.' 놀랍게도 그건 올초 베를린 서가의 주인이 내게 『파사칼리아』를 건네며 했던 바로 그 말이었다. "『파사칼리아』를 다시 읽어야겠어."

고요. 회색.

이것은 『파사칼리아』의 첫 문장이다. 『파사칼리아』를 읽는 경험은 독특한데, 그것을 읽는 동안 나는 그와 별개인 또다른

언어의 세계를 여행하게 된다. 그것을 읽는 동안 나는 서로 다른 톤으로 서로 다른 내용을 속삭이는 두 개의 목소리를 동시에 듣는다. 그러다 책을 덮으면, 두 목소리는 동시에 사라진다. 아무것도 기록할 능력이 없는 채로, 나는 특정할 수 없는 목소리 속으로 여행한다. 어둠 속에 웅크린 나는, 가방을 들고 걸어가는 나 자신을 지켜본다. 이것은 최초의 여행일까? 겨울이었다. 기나긴 비가 내린 뒤 정원은 축축하다. 들길은 진창이 되고 늪지의 수렁은 상승한다. 건너편 들판은 지표수가 얕게 찰랑이는 편평한 수역으로 변했다. 집안은 어둡다. 겨울이었다. 얼음의 냉기. 추위는 물과 같다고 당신은 말했다. 아래에서부터 고여오기 시작해 마침내 심장까지 상승하여 몸을 꽁꽁 얼린다. 무섭게 줄어드는 일조량. 점점 희박해지는 태양빛. 정맥이 돋아난 다리는 죽은 버섯처럼 냄새를 풍긴다. 겨울이었다. 나는 고개를 젓고, 당신의 고통을 이해하려 하지 않는다. 그래도 우리는 가야 해요, 하고 나는 당신에게 말했다. 왜냐하면 이것은 최초의 여행이므로. 우리는 커다란 가방을 끌고 얼어붙은 진창과 차가운 수렁을 지나서 갔다. 보이지 않는 비가 내리고…… 하루는 묽은 밤처럼 어두웠다. 얼음의 냉기가 감도는 방안에서 책상 위에 엎드린 한 사람. 나는 주먹으로 유리창을 두드리며, 우리는 가야 해요, 하고 외쳤다. 너무 빠르고 급하게 가지 말아요…… 하고 당신의 입이 말하려 하는 것을 보았다는 생각이 든다.

우리는 가야 해, 하고 베를린 서가의 주인은 말했다. 산책을 나가야 한다는 뜻이었다. 어두운 집안에서 생각에만 잠겨 움츠려 있으면 더욱 춥고 더욱 우울해질 거라고 했다. 추위는 얼음물과 같다고 베를린 서가의 주인은 말했다. 한번 몸안으로 스며든 냉기는 집안으로 들어온 겨울이 그렇듯이 오래오래 남아 사람을 괴롭힐 거라고. 아래에서부터 고여오기 시작해 마침내 심장까지 상승하여 몸을 꽁꽁 얼려버린다고. 자신은 그런 냉기 때문에 마침내 불을 피워놓은 집안에서 얼어죽은 한 사람을 알고 있다고 베를린 서가의 주인은 말했다. 무슨 일이 닥쳐올지, 우리는 결코 알지 못하리라.

빛이 줄어들고 있었다. 하루하루는 음울한 꿈처럼 무력하게 흘러갔다. 『파사칼리아』는 자기 자신의 죽음을 선취하며 흘러간다. 꿈이 윤곽을 와해시키는 상상이다. 그런데 집안에서 죽은 자는 누구인가? 그는 기차를 타고 여행을 떠났던가? 나는 항상 여행에 대해서 쓰기를 원했는데, 솔직하게 고백하자면, 내가 사실은, 실제로는, 단 한 번도 여행을 떠나본 적이 없다는 것이다. 나는 떠나는 나를 지켜보기를 원한다. 떠나는 나를 지켜보는 글쓰기를 원한다. 떠나는 나를 지켜보듯이 점점 멀어지는 글쓰기를 원한다. 점점 멀어지는 두 개의 목소리 사이를 원한다. 특정할 수 없는, 연속성을 결여한 나로부터의 여행. 어느덧 나는 그러한 여행은 오직 언어를 통해서만 가능하지 않을까 생각하게 되었다.

정원에 휘몰아치는 바람, 동요하는 떡갈나무의 드높은 가지들. 겨울의 기억이 온다. 나는 담요를 더욱 여민다.

베를린 서가의 주인이 타이프라이터로 편지를 쓴다. 오두막 안에는 구식 타이프라이터의 자판을 두드리는 소리가 망치질소리처럼 크게 울린다. 그는 편지를 카피하기 위해 어제 문구점에서 먹지를 구입했다. 먹지 가격이 자신의 기억보다 훨씬 비쌌기 때문에 깜짝 놀랐다고 했다. 먹지를 마지막으로 구입한 것이 언제인지, 이십 년 전? 삼십 년 전? 나는 가격보다도, 지금과 같은 시대에 이런 작은 시골 마을 문구점에서 먹지를 살 수 있다는 사실 자체가 놀랍다고 말했다. 나도 편지를 쓰고 있다. 아니 정확히는 편지에 관한 글을 쓰는 것이다. 아마도, 내 기억이 맞는다면, 내가 세상에 태어나 최초로 쓴 글은 편지였다.

베를린 서가의 주인이 먹지를 사는 동안, 나는 슈퍼마켓에서 유리병에 든 인스턴트커피를 샀다. 펄펄 끓는 뜨거운 물에 탄 커피가 마시고 싶어서라고, 나는 의아해하는 베를린 서가의 주인에게 말했다. 커피는 내 기억보다 훨씬 더 맛이 좋았다. 많은 것들이 기억과는 달라져 있다. 태양 없는 겨울의 전조. 하루는 내내 먹지로 그려진 풍경처럼 그늘지고 불특정하다. 노란색과 검정, 오렌지색과 회색이 섞여 타오르는 장작불, 빗물이 떨어져 곳곳에 얼룩이 진 테라스, 쓸기가 무섭게 다시 날아와 쌓이는 나뭇잎들. 탁자 위에 흩어진 편지와 원고 뭉치들이 바람에 날리며 바닥으로, 타오르는 불속으로 떨어진다.

베를린 서가의 주인은 얼마 전 지하실의 오래된 양철가방에서 엄청난 분량의 카세트테이프를 발견했다. 1970년대, 그는 일기장 대신 카세트테이프에 매일의 일기를 녹음했다고 한다. 그편이 더 안전하다고 생각했던 것이다. 누군가 무심코 자신의 일기장을 발견하고 그걸 펼쳐서 읽는 것을 원하지 않았기 때문이다. 이후로 수십 년 동안이나 잊고 있다가 버리려고 꺼내온 가방 속에서 테이프를 발견한 것이다. 심지어 테이프 대부분은 현재 기기에서 작동이 되기도 한다. 그는 오십여 년 전의 자신의 목소리를 듣는다. 지금과는 완전히 다른 음색에, 남쪽 지방 특유의 악센트를 갖고 있는 목소리. 우리는 자동차를 타고 가면서 그것을 들었고, 집안에서 저녁마다 그것을 들었다. 내가 이해할 수 있는 말은 많지 않았다. 1976년 어느 여름날 그는 포크너를 읽었고, 방학 때 블랙베리를 따서 장에 내다팔아 용돈을 벌었으며, 여자친구가 없었고, 만약 작가가 되지 못한다면 차선책으로 사회를 위해서 일하고 싶다는 꿈을 갖고 있었다. 그는 유난히 선한 소년이었을까? 그렇지는 않다고 베를린 서가의 주인은 말했다. 그리고 이어서 그가 들려준 청소년기의 무서운 경험은 나를 경악하게 했다. 하지만 곧 이어서, 나 역시 근본적으로 다르지 않은 경험을 갖고 있음을 깨달았다. 겨울이었다. 우리는 여행을 떠났다. 지금 생각해보면 그것은 최초의 여행이었다. 벨베데레 정원에서, 우리는 낙엽을 헤치며 긴 산책을 했다. 낙엽 아래는 축축하고 부드러운 땅, 얕은 물이 고인 수역이었다. 물은 절반쯤 얼어 있었고, 걸음을 디딜 때마다 우리의 발은 얼음 진흙 속으로 살짝 가라앉았다. 냉기가 당신의 몸속으로 스며들어갔고, 당신은 치즈처럼 창백해졌고 온몸을 떨었다. 안개 속에서, 호수 건너편으로 가는 페리의 고동이 울렸다. 페리의 갑판 위에서 당신이 곧 잠이 들 것임을 나는 알고 있다. 낮게 흐르는 안개 위로 검은 야구모자를 쓴 당신의 이마가 나타났다가 호수의 수면 아래로 사라졌다. 나는 두 번 다시 그것을 보지 못한다. 그러나 모든 것은 환각이었다. 사라진 것은 안개의 수면 위 엷은 얼음조각 사이를 헤엄치던 검은 물닭 한 마리였다.

나는 최초의 일기를 녹음하지 않았고 평범하게 노트에 썼다. 당시 유행하던, 자물쇠가 달린 일기장이었다. 일이 년에 걸쳐 노트의 마지막까지 일기를 쓴 나는 무슨 이유에서인지 더는 일기를 쓰지 않으리라 생각했고, 정말로 일기 쓰기를 멈추어버렸다. 내 최초의 여행이 시작되려면 거의 일생만큼 긴 시간을 기다려야 했지만, 그때 나는 그것을 몰랐다. 나는 일기장을 버릴 방법을 찾기 위해 전전긍긍했다. 그냥 휴지통에 던져버리면 반드시 누군가가 읽게 되리라. 그것을 원하지 않았다. 그렇다고 일기장을 간직하고 싶지도 않았던 것이, 나는 일기를 익명으로 돌려보내기를 원했기 때문이다. 마치 내가 한 번도 일기를 쓰지 않은 것처럼. 지금 생각하면 내 일기에는 비밀이라고 할 만한 내용이 없었으나. 나는 일기로부터 해방되기를 원했다. 마침내 몇 년 뒤 나는 완벽해 보이는 방법을 찾아냈고, 그대로 시행했다. 일기장은 사라졌다. 그 방법이 무엇이었는지는 전혀 기억나지 않는다. 어쩌면 나는 일기를 낱장으로 찢어 버스나 기차 혹은 커다란 호수를 건너는 페리의 갑판 위에서 한 장씩 바람에 날려버리는 방식을 선택했을지도 모른다. 그것이 내 생애 최초의 여행임을 나는 알았다. 그리하여 아무도 없는 벨베데레 정원에서, 우리는 낙엽을 헤치며 긴 산책을 했다…… 아, 나는 일기에 대해서 말하고 있었는데, 그 사실을 잠시 망각했다. 내 일생 중 유일하게 일기를 썼던 그 시기는 그 어떤 일도 일어나지 않았으나 최초의 언어로 인해 가장 강렬했다. 그러나 일기가 사라진 뒤 그것은 태양 없는 기나긴 하루라는 자기 자신으로 되돌아왔다. 일생 내내, 먹지로 그려진 풍경처럼 그늘지고 불특정한 목소리를 따라 쓴다. 타이프라이터 소리가 그치고. 오두막 안에서 들려오는 바흐의 파사칼리아.

숲으로. 산책을 나가야 한다고 베를린 서가의 주인은 말했다. 빛이 완전히 사라지기 전에. 냉기가 몸을 점령하기 전에. 빗방울이 다시 떨어지기 전에. 그리하여 숲으로. 들판을 가로질러 우리는 숲으로 갔다. 구름이 몰려오고 있었다. 곧 비가 내릴 것이다. 쓰러진 나무 둥치마다 버섯이 자라고 있었다. 유리처럼 매끈하고 윤기 흐르는 흰 버섯이 있고 무리지어 솟아난 노랗고 작은 버섯, 커다랗고 주름진 버섯, 그리고 새빨간색에 흰 점이 박힌 광대버섯이 자주 보였다. 광대버섯은 전형적인 독버섯이다. 나른한 행복감, 착시 그리고 마치 떠 있는 듯한 환각을 일으키므로 '날아다니는 버섯'이라고 불린다. 오랫동안 찾아 헤맨 후 베를린 서가의 주인은 마침내 대머리버섯을 발견하고 작은 환호성을 질렀다. 대머리버섯은 광대버섯에 비해 크기가 작고 색도 연갈색으로 거의 눈에 띄지 않지만 마찬가지로 환각 작용을 갖는다. 대머리버섯의 다른 이름은 마법 버섯이라고 그는 말했다. 자신의 한 친구는 젊은 시절 무모하게도 대머리버섯을 서른 개 정도 한꺼번에 먹었는데, 이후 놀랍게도 눈앞에서 인간들이 늑대의 머리를 달고 걸어다니는 것을 목격했다고 한다.

호수 가운데는 섬이 있고 선착장에서 페리를 타면 섬으로 갈 수 있다. 이제 겨울이 되면 선착장은 회색 안개로 자욱하고 페리는 운항을 멈출 것이다. 선착장에 서 있는 우리에게 호수 반대편을 지나가는 페리에서 누군가 외쳤다. 페리를 타겠느냐고 묻는 소리 같았다. 우리는 아니라고 대답했다. 섬에 있는 비어가르텐으로 가서 맥주를 마시자고, 우리는 늘 이야기하곤 했으나 실제로 페리를 타고 섬으로 간 적은 한 번도 없다. 호숫가 산책로에는 개를 데리고 가는 사람들. 우리는 누군가 호수 위에 매달아놓은 그네를 발견했다. 태풍에 부러진 커다란 나뭇가지 양쪽에 밧줄을 묶어 수면을 향해 뻗어나온 높은 나무에 고정시킨 것이다. 물은 맑고 투명했다. 물속 모랫바닥은 신비한 연녹색으로 고운 광채가 났으며 노란 나뭇잎들과 붉은 밤나무 열매가 가라앉아 있는 것이 거울 속처럼 선명하게 보였다. 우리는 이 년 전, 오두막에서 보낸 겨울을 떠올렸다. 그때 모든 것이 얼마나 혹독하고, 차갑고, 심장을 조일 듯이 불안하고 무거웠으며, 그리고 얼마나 황홀했던가. 11월의 황홀함을 나는 그때 배웠다. 놀랍게도 아무것도 달라지지 않았다. 혹독함, 차가움 그리고 불안과 황홀함까지도 여전히 그대로이다. 게르하르트 마이어는 썼다. “11월은 가장 강렬한 달이다.” 11월의 진흙 들판에 눕는 것은……

호숫가에서 우리는 세 명의 청년을 만났다. 그들은 낚싯대를 물에 드리워놓고, 캠핑용 버너에 숲에서 채취한 버섯을 볶고 있었다. 잡은 물고기와 함께 수프를 만들어 먹을 거라고 했다. 우리는 호숫가 경사진 모래밭에 도착했다. 여름 내내 수영하러 온 사람들로 북적이는 장소였으나 붉은 밤나무 열매가 떨어져 쌓인 물가와 낙엽이 덮인 판자 통행로에는 지금 아무도 보이지 않는다. 모래밭 언덕 한가운데 나무 테이블과 벤치가 있다. 우리는 벤치에 앉아 집에서 가져온 커피를 마셨다. 항상 숲에서 불을 피우고 빵을 구워보고 싶었다고 나는 말했다. 밀가루와 소금과 효모를 배낭에 넣고 숲으로 간다. 모닥불을 피운다. 샘물을 길어와 쇠주전자에 데운다. 따뜻한 물을 넣고 밀가루를 반죽한다. 불이 충분히 타오르면 재를 모아 이글거리는 잉걸불을 만들어야 한다. 우묵한 돌이나 사기그릇에 반죽을 올리고 그것을 잉걸불 가운데에 놓는다. 뚜껑을 덮은 후 따뜻한 장작과 재로 덮는다. 빵이 익는 동안 숲에서 버섯을 딴다. 로즈힙 열매를 찾아 차를 우려낸다. 낚시를 할 수 있다면 호수에서 고기를 잡아도 좋겠지만 아마 그건 우리에게 어려울 것이다. 삼십 분 정도 지나면, 얼마 전 우리가 집에서 모닥불에 구워 만들었던 무쇠솥 빵처럼, 겉은 파삭하고 속은 촉촉한 빵이 만들어지겠지. 빵이 익으면 재를 털어내고 손으로 찢어서 소금과 기름으로 만든 대머리버섯수프에 찍어먹는다. 재와 숯가루가 빵 바닥에 가득 달라붙어 있지만 늘 그렇듯이 우리는 개의치 않을 것이다. 항상 그렇게 해보고 싶었다고. 커피를 마신 우리의 눈앞에 밝은 회색빛으로 그득 부풀어오른 호수가 있었다.

머나먼 꿈의 가까움.

벤치 위에서 우리는 옷을 벗었다. 산책과 커피 덕분에 몸이 조금 데워졌다. 호숫가 모래밭은 커다란 비탈을 이루며 물을 향해서 기울어졌다. 잎이 노랗게 물든 밤나무 가지가 수면을 스치듯 잠겨 있다. 멀리서 오리와 물닭들이 목쉰 소리로 울며 지나갔다. 호수 안쪽으로 뻗어나간 황금빛 갈대숲이 섬을 이루었다. 백조 한 마리가 물속에 부리를 박고 먹이를 찾았다. 수면에 비친 나무들이 사방으로 흔들리며 찢겼다. 파문을 일으키는 두 개의 붉은 그림자. 우리의 것인가. 물속으로 처음 걸어들어갈 때는 오싹하지만 피부는 점점 차가움에 마비되며 물속에 몸을 완전히 담그면 열이 나듯 화끈거림을 느낀다. 하지만 그 열은 환각의 열이므로, 기온이 낮아진 이후로 우리는 너무 오래 물속에 머물러 있지 않으려 주의한다. 한번 냉기에 사로잡힌 사람은 아무리 불을 피워도 두 번 다시 피를 덥힐 수 없다고 베를린 서가의 주인은 말했다. 그렇게 죽은 사람을 자신은 알고 있다고. 그 사람의 장례식은 겨울이었다고 덧붙였다. 호수의 물은 맑고 냄새가 없었다. 우리의 발 사이로 재빠르게 헤엄치는 물고기와 부유하는 초록 수초가 그대로 들여다보였다. 우리는 아주 잠깐 동안 물속에서 원을 그리며 헤엄친 다음 곧 물밖으로 나왔다. 물이 차가워 몸이 살짝 굳는 느낌이었으나 춥다는 감각은 없었다. 몸을 말리고 옷을 입는 과정은 번거로웠다. 차가운 피부와 섬유에 달라붙은 젖은 모래는 아무리 해도 완전히 사라지지 않아, 우리의 옷과 타월, 양말과 신발 속에 고운 입자로 남았다. 이 모래는 정원 오두막과 우리의 침대 속까지 따라온다. 옷을 입은 다음 우리는 몸을 덥히기 위해 계속해서 걸었다.

기울어가는 태양은 숲의 테두리 위로 거무스름한 금빛의 띠를 형성한다. 흰색과 주황색, 노란색. 단 한 번의 섬광. 그러나 순식간에 검은 숲의 테두리 아래로 사라지며. 반면에 맞은편 하늘의 구름들은 핑크빛으로 물든다. 석양빛이 거울처럼 반사되는 하늘. 들판은 풀이 모두 베어내지고 맨 흙이 드러나 있다. 싱싱한 흙냄새가 피어오른다. 부드럽게 돋우어진 흙 위로 노루의 깊은 발자국들. 농부가 갈아엎지 않은 휴경지에 흩어져 피어 있는 자우어암퍼들. 무성하던 풀을 모두 베어낸 탓에 경작지 사이를 흐르는 좁다란 수로가 드러났다. 들판 가장자리는 깊은 고랑이 파였다. 갓 파인 깊은 고랑은 고대의 시구가 불러일으키는 아르카익archaic한 이미지로 연결된다고 베를린 서가의 주인은 말했다.

"너는 네 아비와 같은 고랑에서 네 자식을 쟁기질하였구나." 나는 소포클레스를 읽지는 않았으나 그것이 『오이디푸스 왕』의 구절임을 알아차렸다.

오래전 베를린 서가의 주인은 내게 헤다야트의 소설 『눈먼 부엉이』를 건넸다. 자신은 이 책의 첫 부분을 읽자마자 곧 마치 (주인공이 피우는) 아편에 빨려들어가듯 매료되었으나, 그렇기 때문에 도리어 더이상 페이지를 넘기지 않고 그대로 책을 덮었다고 했다. 그는 종종 책과 관련한 마법을 경험하는데, 그런 책은 반드시 그것을 위해 마련된 특별한 장소와 시간이 도래할 때까지 읽어버리지 않고 독서를 유예한다고 했다. 그가 마침내 『눈먼 부엉이』를 읽은 것은 그로부터 일 년 뒤 이란으로 여행을 갔을 때이다. 그는 마치, 『눈먼 부엉이』를 읽기 위해 이란으로 여행을 떠난 것처럼 보였다. 그 책은 비밀과 같았다고 베를린 서가의 주인은 말했다. 깊이 매혹당했고, 아무도 알지 못했기에. 그의 친구들은 대부분 문학과 관련된 사람들인데 놀라울 만큼 그 책을 아는 사람이 드물었다는 것이다. 이것은 비밀의 책이다. 깊이 매혹당했고, 아무도 알지 못했다. 이것은 비밀의 책이다, 하고 그는 다시 말했다. 이번에 그가 말한 책은 『파사칼리아』였다. 그는 내게 『파사칼리아』를 건네며 말했다. 아무도 『눈먼 부엉이』를 알지 못했던 것처럼, 아무도 『파사칼리아』를 알지 못했다고. 단 한 명의 친구, 레토를 제외한다면. 레토는 1991년판 『파사칼리아』에 수록된 해설을 썼다.

언젠가 서리가 온다. 아마도 언젠가 나는 더이상 딩켈밀 빵도 굽지 않고 아침에 불도 피우지 않으며 차가운 호수로 들어가 헤엄치는 일도, 사과로 과일조림이나 식초를 만드는 일도 없을 것이다. 조금씩 스며든 냉기가 내 몸을 완전히 파고든 어느 날에는. 그때 나는 하루에 한 끼 통조림에 든 콩과 양배추를 먹고, 산책도 가지 않으며 오직 침대와 책상, 창가에서 태양 없는 하루의 대부분을 보낼 것이다. 하루는 묽은 밤처럼 어둡고, 나는 싸늘한 냉기가 감도는 방안에서 책상 위에 엎드릴 것이다. 열린 창으로 불어온 바람에 책상 위의 편지가 흩어지고, 나는 당신에게 쓰고 있던 편지를 끝내 완성하지 못하리라. 낮게 흐르는 안개 위로 검은 야구모자를 쓴 이마가 나타났다가 호수의 수면 아래로 사라진다. 나는 두 번 다시 그것을 보지 못하리라. 이것이 내 최초의 여행임을, 마침내 나는 깨닫는다. 집으로 돌아오는 길은 이미 밤이었다. 우리는 저멀리 나무들 사이로 느릿느릿 사라지는 커다란 검은 물체를 보았고, 순간적으로 거대한 도마뱀이라고 생각했다. 하지만 나중에 그것이 사람이 손으로 끌고 가는 보트임을 알았다. 환한 달밤이었다. 전등처럼 커다란 달이 번쩍이는 하늘에는 별들이 희미하게 가물거렸다. 가을별 아래서, 하고 베를린 서가의 주인이 중얼거렸다. '가을별 아래서'는 크누트 함순의 소설 제목이라고 했다. 함순을 다시 읽을 시간이 다가오고 있다고 그가 말했다. 이유는 단지 지금 이 순간 우리가 '가을별 아래' 있으며 그 제목이 자신의 마음에 들기 때문이라고. 오두막에 도착한 그는 책장에서 1958년 출간된 함순 전집 제2권을 찾아 탁자에 놓았다. 우리는 지나치게 딱딱하게 구워진 거무스름한 딩켈밀빵에 치즈를 올려 저녁을 먹었다.

나는 꿈에서 묘지에 있었다고 말했다. 이제 다가올 죽은 자를 위한 만성절을 특별하게 보내고 싶다고, 하지만 가톨릭 신자가 아닌 나는 한 번도 만성절을 축일로 지내본 적이 없으므로, 어떻게 해야 하는지 잘 모른다고. 어린 시절 만성절이면 타지에 사는 친척들이 찾아왔다고 베를린 서가의 주인은 말했다. 친척들이 모여 차를 마시고 특별히 만든 음식을 나누어 먹었으며 교회를 가고 묘지를 방문했다. 친척들은 하룻밤 동안 머물렀고, 만성절 다음날인 위령절에도 함께 모여 마찬가지로 차를 마시고 음식을 먹은 다음 교회를 가고 다시 한번 더 묘지를 방문한 뒤에 각자의 집으로 떠났다. 우리는 방문할 친척이 없고 교회도 가지 않으니 나머지 의례, 즉 차를 마시고 축제 음식을 만들어 함께 먹을 것이다. 그리고 아마도 어딘가에 있는 묘지를 방문할지도 모른다. 묘지는 숲속이나 호숫가에 있을 것이다. 누구의 묘지라도 상관없다. 그러고 난 후에, 우리는 서리 내린 숲속 호수에서 수영을 하게 될지도 모른다. 아마도 그럴 것이다. 겨울이 다가오고, 물은 매우 차가울 것이다. 까마귀처럼 얼어붙을 것이다. 고요. 회색. 숲에서, 우리는 비밀의 책을 가질 것이다. 우리, 깊이 매혹당했고, 아무도 알지 못했다.

멀리

몇 년 전 카페에서 한 평론가가 말했다. "이 인터뷰를 위해서 오늘 아침 당신의 책을 읽었는데, 아마도 가장 자주 등장한 어휘가 '멀리'인 것 같다는 느낌이었습니다."

나는 그럴 리가 없다고 대답했다.

"왜 그렇게 생각하나요?" 하고 그가 물었다.

나는 정말로 멀리 간 적이 없기 때문이라고 대답했다.

"하지만 당신은 어느 인터뷰에서, 글을 위해서 가장 사랑하는 말이 '떠나다'라고 하지 않았나요?" 그가 항의했다.

나는 아니라고, 내가 글을 위해서 가장 사랑하는 말은 '홀로'라고 했다.

"그렇다면 당신은 '홀로' '멀리' '떠난' 적이 있습니까?" 그가 다시 물었다.

나는 어린 시절에 최초로 비행기를 탄 날을 기억한다고 말했다. 물론 나는 혼자는 아니었다. 한 시간 동안 남쪽에서 북쪽으로 날아왔고, 비행기 안에서 스튜어디스가 사탕이 가득 든 쟁반을 내게 건네며 미소 지었으며, 북쪽의 공항에 도착하니 허허벌판처럼 넓어 보이는 그곳은 온통 얼어붙어 있었노라고.

"그것이 당신의 가장 최초의 여행이었나요, 아니면 가장 먼 여행이었나요?" 평론가가 다시 물었다.

나는 아니라고, 나는 브라질 바이아주의 산투아마루 시외버스 터미널 한 코너에 컴퓨터 서너 대를 놓고 영업하는 간이 인터넷카페에서 검고 키 큰 전직 발레리노를 만난 적이 있다고 대답했다.

"그가 뭐라고 말했는데요?" 평론가는 흥미를 보였다.

나는 버스를 타러 터미널로 갔고, 인터넷카페의 주인인 흑인 남자는 키가 이 미터 가까운 장신이었는데, 내가 한국에서 왔다는 말을 듣자 자신도 서울에 간 적이 있노라고 말했다.

"1988년이었어요" 하고 인터넷카페 주인이 말했다. "나는 발레리노였는데, 내가 소속된 발레단이 한국으로부터 초대를 받았죠." 당신의 발레단은 무슨 공연을 했는데요? 어쩌면 내가 보았던 〈백조의 호수〉 공연에 당신이 출연했을지도 모르겠네요, 하고 말하려는 찰나 내가 타야 할 버스가 도착했고 순식간에 장면이 바뀌었다.

"그래서 그것이 당신의 가장 먼 여행이었단 말인가요, 아니면 최초의 먼 여행?" 평론가가 다시 물었다.

나는 카페를 나왔다. 신선한 공기가 그리워졌기 때문이다.

벌거벗은 진실은 지루할 뿐이죠, 라고 대답한 것은 그 이전이다.

최초의 공항. 추위 때문에 파랗게 얼어버린 나는 자꾸만 흘러내리는 목도리 달린 흰 모자를 양손으로 잡고 어쩔 줄을 몰랐다. 체크무늬 흰색 코트와 흰색 장화도 전혀 따뜻하지 않았다. 비행기를 타기 전 바람을 피하기 위해 나무벤치에 앉았는데, 그늘진 곳이라 더욱 춥기만 했다. 비행기는 희고 긴 몸통을 가진, 메마른 새 같았다. 그날 누군가가 찍은 사진 속에서, 나는 홀로였다. 얼어붙은 얼굴을 가진 이누이트 아이처럼. 그 사진은 내 어린 시절의 앨범에 꽂혔고, 이후 앨범은 세월이 흐른 뒤 집을 떠나던 날의 내 가방에 들어 있었다. 내 최초의 공항은 기억에서 곧 사라졌지만, 사진은 앨범에 남아 있었다.

허공을 여행하는 일은 기이하다. 국경을 넘어야 하는 육지나 바다 여행과는 다르다. 산도 들판도 도시도 강물도 건너지 않으며 대신 구름의 초현실적인 형상들 위로 지나가는데, 마치 시간의 허물처럼 얇은 평면의 몸을 가진 그 형상들은 존재하지 않는 나라를 이룬다.

그런 나라에서 머물던 어느 날, 나는 한 통의 이메일을 받았다. 내가 단 한 번 만났을 뿐인 어떤 사람으로부터 온 메일이었다. 그는 며칠 뒤 베를린을 방문할 예정인데, 도착하는 날 공항에서 만나 함께 저녁을 먹을 수 있다면 좋겠다는 내용이었다. 메일에는 그가 왜 베를린을 방문하는지 이유는 적혀 있지 않았다. 내 기억 속 11월의 베를린은 언제나 밤이었다. 저녁의 대기는 차가운 습기와 안개로 자욱했다. 거리는 어두웠으며, 마치 무거운 연기처럼 도로 표면에 짙게 깔린 어둠으로 인해 나는 내 발을 볼 수가 없었다. 11월 밤의 베를린, 도심 한가운데서 부엉이 울음소리가 들려왔다. 긴 꼬리를 늘어뜨린 붉은 여우가 불빛 없는 거리를 가로질러가는 것을 보았다는 생각이 든다. 어느 집의 문이 열리고, 사람의 그림자가 안으로 사라졌다. 문이 닫히기 직전에 문틈으로 개 짖는 소리가 들렸으나 곧 모든 것이 둔중한 안개 속에서 꿈처럼 희미하고 느슨해졌다. 그때 내가 무슨 일로 베를린에 머물고 있었는지 정확히 기억나지 않는다. 어쩌면 나는 명확한 이유 없이 그냥 거기 있었는지도 모른다. 그 도시에서 내가 배운 단 하나의 문장은 '나는 당신을 이해할 수 없습니다Ich verstehe dich nicht'였다. 잠과 같은 나른한 기운이 내 팔다리에 고였다. 나는 밤 속을 걸으면서, 지금 어디로 가고 있는 걸까, 막연하게 생각했다. 내가 공항으로 향하고 있다는 사실은 무척 비현실적으로 느껴졌는데, 내가 알던 일반적인 공항과 달리 시내 한가운데에 있던 그 공항을 나는 이전에는 한 번도 방문해본 일이 없었고, 심지어는 거기 공항이 있다는 사실조차 몰랐기 때문이다. 게다가 주변 도로는 인적 없이 고요하기만 했으므로, 공항의 존재는 더더욱 실감하기가 어려웠다. 메일을 받은 후 나는 집주인의 서랍 속에서 발견한 낡은 지도를 손가락으로 더듬어, 그가 도착하는 공항의 위치를 알아냈고, 시간이 넉넉하니 그곳까지 걸어서 가리라 생각했다. 집을 나설 때는 아직 어느 정도 빛이 남아 있었다. 나는 눈동자처럼 검게 반짝이는 운하를 따라 걸었다. 화창한 주말이면 사람들로 넘치던 벼룩시장이 있던 자리. 그러나 젖은 신문지와 나뭇잎이 바람에 스산하게 날렸고 돌이 깔린 인도 위에는 붉은 열매가 떨어져 검붉은 핏자국이 가득했다. 그러다 빠른 속도로 밤이 내렸다. 어쩌면 나는 지도를 잘못 읽은 걸지도 몰랐다. 지도 읽기는 내가 잘할 수 없는 일 중의 하나라서, 혹시 잘못된 방향으로, 말하자면 반대편인 시 외곽을 향해 하염없이 걷고 있는 건 아닌지 혼란스러웠다. 낯선 도시에서 길을 잃는 건 슬픈 일이었다. 그러자 갑자기, 단 한 번 만나서 스치듯이 몇 마디 대화를 나눈 것이 전부인 사람을 과연 알아볼 수 있을까 두려워졌다. 우리는 여러 사람들과 함께 있었고, 내 생각에 나는 그의 얼굴을 한 번도 똑바로 바라보지 않았었기 때문이다. 지도에 의하면 나는 공항에 이미 도착해 있어야 하지만, 실상은 높은 담장으로 둘러싸인 텅 빈 거리를 끊임없이 빙빙 돌고 있을 뿐이었다.

믿을 수 없게도, 나는 이미 오래전에 공항에 도착해 있었다. 공항은 마치 성이나 요새처럼, 마치 감옥처럼, 드높은 돌담으로 사면이 둘러싸여 있었으므로 그 주변 블록을 빙빙 돌면서 나는 공항이 없다고 생각했던 것이다. 그 어디에도 입구가 보이지 않았기 때문이다. 깜깜한 밤, 나는 가도 가도 끝없는 공항의 담을 따라 하염없이 걸었다. 누구와도 마주치지 않았다. 거대한 블록을 돌아, 동쪽에서 서쪽, 남쪽에서 북쪽으로 걸었다. 나는 다른 도시에서 보았던 승전가도, 길 양옆으로 영웅의 동상이 늘어선 죽음의 길 한가운데를 걷고 있는 느낌이었다. 부엉이 울음소리가 들려왔다. 어둠의 탑은 점점 높이 솟아났다. 모퉁이를 돌 때마다 차가운 담이 나타났다. 이미 갔던 길을 반복해서 돌고 있다는 느낌이 들었다. 길바닥에서 하얀

조약돌이 흰 빵처럼 반짝였다. 공항은 스스로 초현실적인 의식을 구축했다. 이곳은 정말로 공항일까? 왜 뜨고 내리는 비행기가 한 대도 보이지 않는 걸까? 왜 오가는 사람이 한 명도 없고, 그 어디에도 택시의 불빛이 보이지 않는 걸까? 나는 입구 없는 성 주변을 영원히 빙빙 돌게 되는 걸까? 이러다가 아침이 밝아오면, 나는 아무도 모르게, 서류도 없이, 상처받고 쇠약해지겠지…… 그가 도착한다던 약속 시간은 이미 지났다. 몸이 덜덜 떨리기 시작했다.

베를린 서가의 주인과 함께 밤 산책을 나설 때면, 나는 공항을 찾기 위해 안간힘 쓰던 그 고독하고 어두웠던 밤에 대해 간혹 이야기했다. 공포는 물에 젖은 검은 우단 천처럼 부드럽고, 은은하게 반짝이면서, 단단하게 눈과 피부를 조였다. 베를린 서가의 주인은 밤 산책 중에 커튼이 쳐 있지 않은 환한 창들을 올려다보고, 우연히 그 집 주인의 서재가 눈에 들어오면, 그들이 어떤 책을 갖고 있는지 상상하기를 즐겼다. 그는 모르는 사람의 환하게 불 켜진 서재를, 상상력을 자극하는 먼 불빛의 방을 좋아했다. 심지어는 사람의 모습은 없이 오직 책들만이 자리한 그런 밤의 서재들을 사진으로 찍고 싶다고도 말했다. 하지만 나는 그날 밤의 공항에 대해서 이야기하기를 멈추지 않았다. "나는 그 공항이 없다고 믿었어. 지도가 잘못되었거나 내가 지도를 잘못 읽었고, 내가 있는 장소는 시내의 폐쇄된 맥주 공장이나 도축장일 것이고, 공항은 결코 찾지 못할 거라고 생각했어. 시간이 너무도 흘러 마침내 자포자기한 패닉 상태에 빠지고 난 다음에야, 나는 기묘한 광채를 내뿜는 공항 입구를, 입구로 통하는 작은 통로를 발견할 수 있었지. 왜 나는 공항이란 항상 유리와 콘크리트로 지어진 현대식 건축물이라고 생각했을까…… 공항은 노란색 벽돌건물이었는데, 입구는 마치 오래된 기차역처럼, 거대한 아치형 대리석 천장 아래를 통과하는 구조였어. 왜 입구를 그토록 찾기 힘들었는지, 나는 어리둥절하면서도 안도하는 마음으로 20세기 초의 아케이드를 연상시키는 낭하를 지나 공항 안으로 향했고, 청사 안으로 들어서자마자 그곳은 도착 로비이면서 여행자들의 짐이 나오는 수하물 컨베이어벨트 공간이기도 하다는 것을 알았어. 오랫동안 어두운 공항 주변을 헤매면서 정신적인 혼돈을 겪은 다음이라, 그와 대조되는 환하고 평범하고 일상적인 풍경을 마주하자 혼돈이 사라지기는커녕 더욱 본격적으로 비현실적인 기분에 사로잡혔어. 막 도착한 사람들은 수하물을 찾으려고 몰려 서 있고, 모두들 태연하고 밝은 표정에, 이제 택시를 타고 따뜻하고 안락한 집으로 돌아가리라는 확신에 찬 자신만만한 태도들, 이것이 세상의 원래 모습이었던 걸까, 나는 좀 충격을 받았고, 아니 심지어 모든 것에게서 공공연하게 버려진 듯한, 상처받은 느낌이었어……"

그날 공항에서 만난 사람은 나를 시내의 문학박물관으로 데리고 갔다. 박물관은 주택을 개조해서 만든 듯한 작은 이층 건물이었고 입구에는 여자 직원 한 명만이 있었다. 내 동행은 여자 직원과 이미 아는 사이인 것 같았고 친근하게 대화를 나누었다. 그들이 이야기를 나누는 동안 나는 바깥의 어둠을 훔쳐보고 있었다. 이런 어둠 속, 이런 밤에 다른 도시에서 날아온 누군가와 만나고, 누군가와 대화를 나누고, 박물관에는 불이 켜져 있고 하는 것이 가능하다는 게 믿기지 않았다. 우리가 위층으로 올라가자 아무도 없는 작은 전시실이 나타났고 벽에 걸린 스크린에는 잉에보르크 바흐만의 시 낭송 녹화 필름이 돌아가고 있었다. 나는 바흐만의 시를 한 편도 읽어보지 못했다. "말해다오, 사랑이여……" 수많은 청중을 눈앞에 두고 긴 시를 읽어나가는 바흐만의 얼굴이 스크린에 가득찼고, 그녀의 목소리는 미세하게 떨리고 균열되었다. "나는 모든 불길을 관통해서 가는 샐러맨더를 본다. 그는 조금의 몸서리도 치지 않는다. 그 무엇도 그를 아프게 하지 못한다." 나는 홀로 스크린 앞에 앉아 바흐만의 시 낭독을 끝까지 들었다. 나는 몸을 굽히거나 고개를 숙이거나 시선을 돌리지 않고, 조금의 몸서리도 치지 않는 꼿꼿한 자세로 필름이 끝날 때까지 그대로 앉아 있었다. 박물관에 다른 방문객은 없었다. 전시실에는 나 혼자였다. 공항에서 만났으며 이제 곧 함께 저녁을 먹게 될 사람은 복도에서 누군가와 통화를 했다. 복도의 불빛은 어두침침했다. 아래층의 직원은 박물관 문을 닫을 준비를 하고 있었다. 그가 돌아와서는 내게 바흐만을 좋아하느냐고 물었다. 나는 고개를 저었다. 그건 좋아하지 않는다는 의미가 아니라, 바흐만의 시를 모른다는 의미였다. "바흐만은 담뱃불을 끄지 않고 잠이 들었다가 발생한 화재로 죽었습니다. 사고의 원인은 수면제일 거라고 다들 추측하죠. 하지만 나는 그녀가 매우 기묘한 죽음을 맞은 거라고 생각합니다." 우리는 잠시 마주보고 서 있었다. 그리고 잠시 뒤 우리는 박물관에서 나와 바람 부는 텅 빈 밤거리를 따라 걸었다. 아무도 외출하지 않는 것 같은 11월 밤이었다. 우리가 도착한 곳은 어느 스페인 식당이었다. 무슨 말을 해야 할지 모르는 채 당황한 나는 메뉴판의 아무것이나 손가락으로 가리켰고, 작은 접시에 든 애피타이저용 고추초절임 네 개를 저녁식사로 받았다.

그로부터 몇 년이 흐른 어느 날 신문에서, 내가 입구를 찾지 못하고 11월의 밤 내내 찾아 헤맸던 공항이 사라진다는 기사를 읽었다. 정확히 말하면 더이상 공항으로서의 역할을 하지 않고 폐쇄된다는 것이다. 신문기사는 잠시 나를 얼어붙게 만들었다. 그렇다면 공항은 정말로 거기 있었단 말인가? 그날 이후 나는 두 번 다시 그 공항에 간 일이 없다. 그 공항에서 비행기를 타거나 내렸다는 사람을 만나본 적이 없다. 입국장 홀에서 멍하니 서 있는 나에게 당신이 먼저 다가왔다. 그리고 당신의 이름을 말했다. 그래서 나는, 단 한 번 만났을 뿐이며 내게 메일로 베를린의 공항에서 만나 함께 저녁을 먹자고 제안한 사람이 바로 당신이라고, 그러므로 내가 이곳에서 만나야 할 사람이 당신이라고 믿었다. 입국장 벽에 걸린 커다란 거울에 택시 승강장으로 향하는 우리의 모습이 비쳤다. 그날 저녁 식사를 마친 우리는 지하철역까지 산책을 했다. 당신의 숙소는 스페인 식당 근처였지만 당시 운하 옆의 어느 집에서 방 하나를 빌려 머물고 있던 나는 집으로 가기 위해 아마도 막차인 지하철을 타야 했기 때문이다. 아무도 외출하지 않는 것 같은 11월 밤이었다. 산책을 나온 개 한 마리조차 보이지 않았다. 지하철 플랫폼에는 텅 빈 열차가 문이 열린 채 출발을 기다리며 서 있었다. 갑자기 당신은, 플랫폼의 끝까지 달려가면서 커다랗게 소리쳤다. 당신의 목소리는 지하철 터널 벽에 부딪히며 메아리치다가 어둠 속으로 빨려들어가듯이 사라졌다. 당신은 두 팔을 벌리고 공중을 향해 주먹을 쥐고 휘둘렀다. 나는 당신이 미친 것이 아닌지 겁이 났다. 역사로 들어온 비둘기들이 소리에 놀라 날개를 펄럭이며 날아갔다. 나는 추웠고, 열이 있는 듯한 느낌이었다. 그날 밤 나는 무엇을 들었던 것일까? 벨이 울리고, 문이 닫히면서 열차가 출발 준비를 했다. 나는 열차 안에 있었고 당신은 플랫폼에 있었다. 당신의 입술이 움직였다. 나는 고개를 저었다. 그리고 말했다. "나는 마치 한 마리 샐러맨더 같습니다." 그것은, 나는 당신의 말을 이해할 수 없습니다, 란 의미의 문장이었다.

겨울이 지난 다음 당신은 한국에 왔다. 그사이에 크나큰 혼돈이 있었다. 모든 별들을 삼켜버릴 만한 혼돈이었다. 만약 우주가 우리의 마음이 물질로 구현된 것이라면, 하고 나는 편지에 썼다. 우리는 한국의 인천공항에서 만났다. 무엇이 보고 싶은가요? 하고 내가 묻자, 당신은 양양공항으로 데려가달라고 말했다. 양양국제공항, 하고 당신은 또렷하게 말했다. 나는 양양은 아마도 작은 도시고, 그런 곳에 국제공항이 있다는 말은 한 번도 들어보지 못했노라고 대답했다. 하지만 당신은 분명히 어딘가에서 한국의 양양국제공항에 관한 신비로운 기사를 읽었다고 했다. 그 신비로운 기사에 나와 있기를, "양양국제공항의 이층 레스토랑에서 신비로운 맛의 생선수프를 먹을 수 있다"는 것이다. 그래서 우리는 바로 그 자리에서 양양으로 떠났다. 나는 운전을 하면서도 당신이 잘못 알고 있는 것이 분명하다고 믿었다. 양양국제공항은 존재하지 않을 터이니까. 한국어를 모르는 당신은 옆자리에서 지도를 펼치고, 도로 표시인 아라비아숫자로 우리가 어디쯤 가고 있는지를 가늠했다. 도중에 우리는 휴게소에 들러 커피를 마셨다. 양양공항에 관한 글을 어디에서 읽었는지 물었으나 당신은 잊었다고 했다. 대신 한 작가의 기이한 사고 이야기로 화제를 돌렸다. "그녀는 담배를 피우다 잠이 들었는데, 채 꺼지지 않은 담뱃불이 커튼으로 옮겨붙어 큰 화재가 났죠. 하지만 그녀는 수면제를 먹고 잠이 든 바람에 일찍 깨어나지 못했고, 생명이 위태로운 지경에 이르렀는데……"

나는 그 작가를 안다고 생각했으므로 자신 있게 끼어들었다. "그녀가 누군지 알아요, 당신이 이미 말했으니까요. 그건 잉에보르크 바흐만이죠!"

"아니, 아주 비슷한 사례이긴 하지만, 내가 말한 작가는 클라리시 리스펙토르입니다." 당신이 대답했다.

"내가 모르는 작가로군요." 나는 의기양양하게 당신의 말을 끊은 것이 좀 부끄러웠다.

"브라질 작가지요."

"브라질이라니, 너무 먼 곳이에요. 나는 결코 그곳에 가게 되지도, 그녀를 알게 되지도 않을 거예요. 그녀의 책을 한 권도 읽지 않았고, 심지어 이름도 처음 듣는걸요."

우리는 계속해서 갔다. 마침내, '양양국제공항'이라고 적힌 표시판이 나타나자 나는 충격을 받았고, 그런 공항이 실제로 존재한다는 사실을 믿을 수가 없었다.

우리는 하루종일 거의 아무것도 먹지 않아 무척 배가 고팠기 때문에 신비로운 생선수프를 먹을 기대에 잔뜩 부풀었다. 하지만 공항 주차장에 들어서면서, 뭔가 이상하다는 생각이 들었다. 주차장이 완전히, 그야말로 한 대의 차도 없이 텅 비어 있었던 것이다. 새 건물임이 분명한 공항청사는 문이 닫혔고, 그 어디에도 인기척이 없었다. 이층에 있다는 생선 레스토랑 역시 흔적도 보이지 않는 건 당연했다. 정적이 흘렀다. 아무런 소리도 들려오지 않았다. 실제로 양양국제공항 표지판을 따라온 것이 아니라면, 이곳이 공항이 아니라 한적한 교외의 상수원 관리시설쯤 된다고 믿었을 것이다. 우리는 자동차에서 내려 한동안 활주로처럼 드넓게 텅 빈 주차장을 서성였다. 물 한 방울 없는 사막 같았다. 신비하여라. 자신의 나라에서 이토록 비현실적인 느낌에 휩싸이다니.

한참 후, 건물 어디선가 우리를 발견한 듯한 남자가 밖으로 나와 우리에게 다가왔다. 그는 공항 직원처럼 제복을 입고 있었다. 나는 이곳이 양양국제공항이 맞느냐고 물었다. 그는 맞는다고 했다.

"하지만 양양국제공항은 스키 시즌에만 오픈하는 공항입니다. 주로 중국에서 오는 스키 관광객들이 입국하죠." 그는 초여름에 난데없이 텅 빈 스키 시즌용 공항을 찾아온 나와 당신을 매우 이상하다는 표정으로 바라보며 설명했다. 당신은 좀 떨어진 곳에서 두 다리를 약간 벌린 자세로 팔짱을 끼고 서 있었다. 6월의 석양을 등진 당신은 테두리가 사라져가는 빛의 실루엣에 불과했다. 저녁 햇살에 번쩍이는 유리창들이 텅 빈 활주로를 내려다보고 있었다.

"당신 말이 맞아요. 공항은 있지만, 공항은 작동하지 않아요. 우리 떠나요."

우리는 바다가 나타날 때까지 계속해서 앞으로 갔다. 바닷가에 차를 세워두고 골목길 안쪽에 있는 허름한 식당에서 생선구이로 저녁을 먹었다. 나는 내가 바닷가에서 자랐노라고 당신에게 말했다. 그리고 불현듯, 당신이 도착한다던 공항을 찾지 못해 깊은 밤을 방황하던 두려운 베를린의 11월에 대해서도. "그 공항은 마치…… 감옥처럼 보였어요!" 하고 내가 말했다. 그러자 문득 당신의 얼굴은 창백한 플라스틱처럼 바뀌었다. 윤기 없는 미소가 얼굴에 떠오르며, 당신은 종신형을 선고받고 감옥에 갇혀 있는 오래전 여자친구 이야기를 꺼냈다.

"이십오 년 동안 나는 적어도 일 년에 한 번은 그녀를 면회하기 위해 프랑크푸르트로 갔죠. 작년에는 당신이 말한 바로 그 베를린의 공항에서 비행기를 타고 갔답니다."

상상할 수 없는 어떤 생의 예감에 내 내면의 빈 방이 싸늘하게 얼어붙었다.

"이십오 년이나 그녀는 감옥에 있었군요! 도대체 그녀가 무슨 짓을 했길래!"

"비행기를 납치했죠. 물론 그 와중에 사람이 죽는 일도 있었고요. 하지만 그녀의 주된 혐의는 국가 전복 기도와 무정부주의 테러리즘이었죠."

당신은 생선구이를 양손으로 들고 빠른 속도로 뜯어먹으면서 말했다. 생선의 대가리도 잔가시도 개의치 않고 씹어 삼켰다. 생선은 크기가 작은 꽁치여서, 곧 접시에는 꼬리와 등뼈만 남았다. 당신의 아쉬운 표정을 지켜본 나는 식당 주인에게 생선을 더 구워줄 수 있는지 물었다. 그렇게 당신은 두 접시의 생선을 더 뜯어먹었다. 그리고 말끔하게 뜯어먹은 생선의 등뼈를 접시에 가지런히 내려놓으며 당신이 젊은 시절 여행한 먼 나라들에 대해 이야기했다. 그곳은 내가 한 번도 가보지 못한 나라들이었다. 바닷가의 밤이 깊었다. 어느 일순간, 삶은 섬뜩하게 아름답고 충만했다. 대화 도중 나는 당시 막 쓰기 시작했던 소설 이야기를 했다. 제목을 '북쪽 거실'이라고 붙일 생각이라고도 말했다. 어떤 내용이냐고 당신이 물었다. 하지만 나는 소설의 첫 페이지를 겨우 시작한 참이었으므로, 아니 사실은 겨우 제목 정도만 막 생각해둔 상태였으므로, 구체적인 내용은 대답할 수 없었다. 그래서 즉흥적으로 떠오른 대로, 그 어디로도 가지 않았던 한 여자의 이야기라고 대답했다. 그리고 문득 생각난 것을 질문했다.

"내가, 프랑크푸르트에 있다는 당신의 여자친구 이야기를……『북쪽 거실』에 써도 될까요?"

그러나 내가 정말 하고 싶었지만 차마 입밖으로 꺼내지 못했던 말은: 감옥에 있다는 당신의 여자친구는…… 내가 들어본 그 어떤 나라보다도 더욱 먼 나라와 같습니다. 무스탕보다 더욱 먼 나라. 하지만, 그래도 내가 그것을 써도 될까요.

당신은 손가락에 묻은 생선 기름을 마지막 한 방울까지 말끔하게 빨아먹은 다음 냅킨으로 손가락을 닦았다. 식당 주인 부부가 이 광경을 호기심과 약간의 경멸이 섞인 눈초리로 지켜보고 있는 것을 나는 알았다. 우리에게 다가와서 시간이 늦었으니 문을 닫아야 한다며 나가달라고 요구할 때까지. 당신은 대답했다. "이번에 독일로 돌아가면, 그녀에게 다시 가보려고 합니다. 그녀에게 물어볼게요. 그래서 좋다고 하면, 그녀에 관해서 전부 들려드리겠습니다. 그러면 당신은 그것을 『북쪽 거실』에 쓰게 되겠죠."

그리고 당신은 덧붙여 말했다. 내가 어느 날 멀리, 내 생각보다 훨씬 더 멀리, 거의 브라질과 같은 나라까지 가게 될지도 모른다고……

나는 그럴 리가 없다고 대답했다.

"왜 그렇게 생각하나요?" 하고 당신이 물었다.

나는 정말로 멀리 간 적이 없기 때문이라고 대답했다.

하지만 당신은 고개를 저으며, 말없이 손가락으로 눈앞의 파도치는 검은 바다를 가리켰다.

아니 맞아요, 당신은 멀리 가게 될 겁니다.

저렇게, 멀리. 왜냐하면—

헝가리 화가의 그림

모로코에서 돌아온 이후로, 나는 아무 곳으로도 가지 않았다. 그처럼 아무 곳으로도 가지 않았던 해는 십수 년 만에 처음이었다. 베를린에서 이 주간의 격리가 끝나자마자 우리는 도시를 떠나 B 마을의 오두막에 머물렀다. 그곳은 인근의 숲과 호수에서 더위를 피하기 위해 지어진 시골 마을의 정원 딸린 간소한 여름 별장이었다. 우리는 그곳을 '정원'이라고 불렀다. 지난 십여 년간 나는 여름철이면 글을 쓰기 위해 종종 그곳에 머무르곤 했다. 정원은 투야나무 울타리로 빼곡하게 둘러싸여 외부에서 잘 보이지 않았다. 나무 아래 숨겨진 작은 문을 통과하면 그곳은 숲속처럼 풀이 무성하고 그늘진 북쪽 정원이었다. 나무 사이로 비치는 빛줄기들이 반사되도록 우리는 정원 곳곳에 금속판으로 만들어진 공작새와 거울조각들을 배치했다. 오두막이 있는 북쪽 정원을 지나 중간 울타리를 통과하면 작은 개활지를 품은 환한 남쪽 정원이 나왔다. 저녁이면 맞은편 들판 아래로 저무는 석양빛이 정면으로 비쳐드는 곳이었다. 처음에 정원은 글을 쓰기 위해 여름 한철 머무는 장소였지만, 모로코에서 돌아온 이후로 나는 점점 정원 이외의 다른 어떤 장소도 집이 아닌 듯이 여기게 되었다.

나는 느리게 일하고 느리게 읽었으며, 매일 글을 쓰는 척하고는 있었지만 사실은 거의 한 줄도 쓰지 않았다. 나는 글로부터 멀어지고 있는 느낌이었고, 그만큼 떨어진 거리에서 글을 바라보았다. 그러면서 시간이 흐를수록, 이제 나는 영영 한 권의 책을 마지막까지 쓸 수 없게 되는 건 아닐까 하는 의문이 들기 시작했다. 그러한 의문은 곧, 과연 한 권의 책이 완결된다는 의미란 무엇일까 생각하게 만들었고, 그러다보면 나는 사실 한 권의 책을 마지막까지 쓴 일이 결코 없으며, 항상 다음 책을 쓰기 위하여 의도적으로 마지막 페이지를 미완으로 남겨두었다는 느낌에 다다르곤 했다. 매우 특별했던 그 시기, 나는 어느 작가의 인터뷰에서 "모든 인간은 살아가는 동안 언어로 자신의 집을 지어야 한다. 누구나 일생 동안 그 일에 매달려야 하며, 자신이 얻은 외국을 거주 가능하게 만들어야만 한다"라는 구절을 읽었다. 또한 그 작가는 말했다. "모든 언어는 외국이다." 책을 위한 글 대신, 나는 자주 편지를 썼다. 그 시기에 나는 『팔로마Paloma』를 읽었는데, 그것은 한 작가의 편지로 이루어진 책이었다.

가을이 깊어갈수록 숲속 산책은 특별해졌다. 너도밤나무와 떡갈나무, 자작나무, 단풍나무 숲은 잎들이 짙게 물들면서 열기 없이 오직 색채로만 활활 타오르는 불꽃에 휩싸인 듯했다. 공기는 차고 깨끗했다. 빛이 비치는 곳 어디에나 칼날처럼 선명한 그늘이 있었다. 호수 가장자리에는 물속에서 자라난 키 큰 갈대들이 곳곳에 황금빛 군락을 이루며 서 있었다. 물은 바닥이 들여다보일 정도로 투명하고 맑았다. 사람들이 사라진 호숫가의 비탈진 산책로는 나뭇잎으로 두텁게 덮였다. 짧은 늦가을 해가 지기 전 이른 오후, 황금색으로 반짝이는 건너편 기슭의 풍경이 호수에 반사되며 머나먼 신기루처럼 어른거렸다. 들오리와 황새, 왜가리 들이 목쉰 소리로 꺽꺽대며 날아갔다. 몸집이 큰 새들이 수풀 속에서 육중하게 날아오를 때마다 깜짝 놀라며 우리는 걸었다.

나는 작년 11월을 잊지 못한다. 가을은 빠르게 깊어갔고, 정원은 도시보다 기온이 더 낮았다. 추위가 시작되자 주말마다 찾아오던 도시인들의 발길이 끊겼으며 그들이 머물던 상당수의 집들은 모두 덧창을 내리고 겨울잠에 빠져들었다. 우리가 종종 야채를 사던 농가 상점도 문을 닫았다. 숲속 나무들은 잎을 떨구었다. 만추의 숲은 하루가 다르게 앙상해져갔다. 우리는 산책이 끝날 때까지 단 한 명의 산책자도 마주치지 못할 때가 많았다. 첫서리가 내리자 호수의 물은 검게 부풀어올랐다. 언젠가 숲과 호수가 눈에 덮이는 날이 오기를 나는 기다렸다. 나는 얼어붙은 호수를 보게 될 것이었다. 하지만 본격적인 겨울이 다가오는 것이 조금 불안하기도 했다. 정원 오두막에는 난방시설이 없었고, 난로도 설치되지 않아 장작불은 테라스에서만 피울 수 있었다. 더운물도 나오지 않았다. 하지만 비상시를 위해 전기 라디에이터와 깃털 이불을 갖다놓았으므로 사실 추위 자체는 그다지 큰 문제가 아니었다. 문제는 기온이 영하로 많이 내려갈 경우 펌프의 물이 얼어버리는 것이었다. 그러면 펌프를 사용할 수 없게 되므로 우리는 오두막을 떠나야 한다. 대개 12월이 오기 전에 펌프의 물을 빼내는 작업을 하고 오두막을 잠근 뒤 도시로 철수했지만, 작년에 우리는 겨울을 이곳에서 보내는 모험을 해보기로 했다.

테라스는 우리의 식당이고 거실이며 춤을 추거나 꿈을 꾸는 명상의 장소이기도 했다. 그곳은 대화와 음식과 불의 장소이기도 했다. 아침이면 우리는 테라스에 세워둔 부처상 앞에 촛불을 켜고 캠핑용 화덕에 불을 피운 후 아침식사를 했다. 우리는 차가운 샐러드를 좋아하지 않기 때문에 아침식사는 항상 팬에 볶은 야채와 달걀과 커피, 간혹 호밀빵 한 조각 등이고 점심에는 밥이나 파스타 등 따뜻한 요리를 먹었다. 저녁 메뉴는 주로 과일과 요구르트, 따끈하게 데운 우유와 오트밀이었다. 일주일에 한 번 자동차로 십 분 거리에 있는 대형 슈퍼마켓에서 장을 봤다. 매일 테라스에 불을 피우기 위해서는 나무가 많이 필요했다. 종이와 점화제로 불을 붙이더라도 잔가지 등의 작은 불쏘시개가 충분해야만 큰 장작으로 불이 옮겨붙는다. 우리는 보통 정원에 떨어진 나뭇가지를 모아 불쏘시개로 사용했다. 바람이 분 다음날이면 정원에 잔가지들이 가득 떨어져 있기에 어렵지 않게 주워모을 수 있었다. 하지만 그것만으로는 부족했으므로 장을 보러 갈 때마다 불쏘시개용으로 잘게 잘린 장작을 몇 자루씩 사들였다. 나무를 구하는 것도 일이지만 그걸 잘게 자르는 것은 정말로 힘든 노동이었기 때문이다. 정원 뒤편에는 몇 해 전 태풍에 쓰러진 커다란 버드나무를 잘라놓은 장작더미가 있었다. 우리는 큰 장작을 도끼로 잘게 잘라보려고 했지만 쉽지 않았다. 나는 도끼라는 단어에서 늘 치명적인 무기를 연상하곤 했는데, 그것이 이리도 무겁고 둔

하고 휘두르기가 힘들며 게다가 날이 무디기까지 할 줄은 몰랐다. 우리는 예전에 건축용품 상점에서 구입한 저렴하고 가벼운 전기톱을 창고에서 꺼냈다. 하지만 그것은 소음을 유발하는데다가 전선을 연결하기가 쉽지 않았고 체인이 벗겨지는 등의 고장도 잦았다. 나는 활활 타오르는 불꽃을 바라보며 말없이 앉아 있기를 좋아했다. 불이 한창 타오를 때 석탄을 넣으면 날름거리던 불꽃은 석탄덩이 속으로 스며들어가 긴 시간 동안 웅크린 채 빨갛게 이글거린다. 그러면 온기를 더 오래 유지할 수 있고 그사이 언제든지 불쏘시개를 이용해 불꽃을 다시 피워올리는 것도 가능하다. 그런데 석탄은 미세한 불씨를 화르륵 터뜨리는 특징이 있어서 너무 가까이 있다보면 알아차리지 못하는 사이에 옷이 구멍투성이가 되고 만다. 과거 동독에서는 땔감이 귀해 저녁때 난로 속에 젖은 신문지로 싼 석탄덩이를 넣어두었다고 들었다. 그러면 오랫동안 타기 때문에 심지어 다음날 아침까지도 불기가 남아 있다는 것이었다.

우리가 나누는 대화의 대부분은 책과 글, 그림과 영화 그리고 행복에 대해서였다. 그 시기 우리는 지가 베르토프의 영화 〈카메라를 든 사나이〉를 보았고 둘 다 매료되었다. 그래서 1920년대 러시아의 무성영화를 더 찾아서 보았다. 가을에서 겨울이 지나갈 때까지 나는 두 권의 책을 번역하기로 되어 있었다. ("모든 언어는 외국이다.") 글쓰기는 언어를 만들어가는 일이었다. ("나는 무성영화와 같은 글을 쓰고 싶어.") 나는 스스로 만든 언어 안에 거주하기를 원했다. 존재는 거주이다. 내 거주는 글쓰기 안에 있었다. ("내 언어는 무너지는 집이다.") 어린 시절 이후 나는 어디에서 살아왔던가? 항상 나는 내 최초의 집을 생각한다. 내게 최초로 말과 글을 가르쳐준 이는 누구였을까? 글을 쓸 때, 나는 종종 눈앞에서 허물어지는 화가의 아틀리에를 상상한다. 그것은 언제나 비가 내린 다음이다. 지붕 한 귀퉁이가 풀썩 내려앉고 더러운 흙과 풀더미가 떨어지며 먼지를 일으킨다. 지붕의 썩은 판자에 고여 있던 빗물이 쏟아져내린다. 벽에 뚫린 커다란 구멍으로 과도한 빛이 몰려들어 정교하고 은은한 사물들의 그림자와 모서리의 그늘을 파괴한다. 혼돈과 소음이 따른다. 정신의 토대가 되는 질서…… 그것을 나는 비밀스레 혐오한다. 최초의 집이 계속해서 무너져내리기를 나는 바란다. 유리창이 깨진다. 비밀의 방이 섬광 속에 노출되고, 정물화의 항아리가 거미줄과 먼지 속에서 드러난다. 정물화가가 사랑한 해골이 선반에서 굴러떨어진다. 흰 개의 머리가 입을 벌린다. 그곳에서, 나는 쓴다. ("내 거주는 글쓰기 안에 있었다.") 옆방에서 라디오 소리가 들려온다. 집이 무너진다. 마침내 모든 것이 민들레 이파리 아래

오직 초록으로 편평해지기 위하여.

우리는 정원을 전혀 가꾸지 않았다. 아무것도 심지 않았고, 씨가 날아와 뿌리내리고 자라는 모든 종을 그대로 두었다. 풀이 너무 무성해져서 걷기 힘들 정도가 되어야 잔디 깎는 기계로 한 번씩 정리해줄 뿐이었다. 오두막 입구의 장미나무는 가시투성이 가지가 무성하게 뻗어나가 통행로를 막았다. 바닥을 뒤덮은 넝쿨식물들 사이로 쥐들이 굴을 만들었다. 우리는 기꺼이 가시덤불과 벌레와 독풀이 우거진 야생 정원에서 살았다. 늦가을이 되자 북쪽 정원의 마가목은 핏방울 같은 열매를 떨구었다. 그 시기, 나는 아무것도 쓰지 않으면서 썼다.

나는 글쓰기의 기원에 관한 글을 써달라는 부탁을 받았다. 나는 최초의 언어를 배운 장소를 생각했다. 그곳은 부엌에 우물이 있는 집이었다. 정원에는 맨드라미가 핀 넓은 화단이 있었고, 비 내린 뒤 마당 한가운데서 나를 바라보고 있던 커다란 두꺼비, 나를 목욕시키고 최초의 말을 가르쳐준 친척 여자가 있었다. 어느 날 오래전의 사진들을 정리하다가 까마득한 어린 시절의 흑백사진들을 발견했고, 그 안에서 나를 감싸고 있던 손길들, 말을 배우기 이전부터 내게 끊임없이 불려진 노래들, 글자를 가르쳐주던 목소리, 함께 바닷가를 산책하던 얼굴을 발견했다. 그 모두가 이미 죽었음을 깨닫고 나는 놀란다.

내 글쓰기는 죽은 자들로부터 유래했음을 알아차린다. 남은 것은 오직 설탕을 넣은 달콤한 우유의 맛. 그래, 나를 키웠던, 설탕을 넣은 달콤한 우유, 잊힌 그 무엇이 내 안에서 반복된다. 사진들 속의 모든 것이 죽었고, 그럼으로써 반복된다. 집은 허물어졌으며, 더러운 흙과 풀더미가 떨어지며 먼지를 일으킨다. 지붕의 썩은 판자에 고여 있던 빗물이 쏟아져내린다. 맨드라미와 석류나무가 죽었다. 집이 있던 자리에는 노동자들을 위한 사택 단지가 들어섰다. 내게 불려졌던 노래, 나는 그것을 기억하지 못한다. 나는 일생 동안 모른다. 비 내린 뒤, 한 마리 두꺼비가 내 얼굴로 뛰어올라왔다. 친척 여자가 죽었을 때, 나는 장례식에 가지 않았다.

그 시기 나는 몇몇 친구들에게 편지를 썼는데 R도 그중 하나였다. 수년 전 R의 집에서 본 그림이 오랫동안 잊히지 않는다고, 나는 편지에 썼다. 그림은 거실 입구 벽에 걸려 있었다. 흐릿한 노란색 바탕에 색채 없이 섬세한 선으로 그려진 펜화여서 유심히 보지 않으면 무엇을 그린 것인지 금방 눈에 들어오지 않았다. R은 우리가 모로코에서 빠져나오지 못하고 있을 때 우리를 많이 걱정했다. 나는 걱정하지 않아도 된다고, 다행히도 누군가 라바트 대사관 거리의 빈 아파트에서 살 수 있게 주선해주었고, 그래서 우리는 싸구려 호텔에서 지내던 절망의 시기를 끝낼 수 있었다고, 갑작스러운 봉쇄령하에서도 두 달 동안 커다란 발코니가 딸린 쾌적한 아파트에서 살 수 있었다고 썼다. 그리고 비로소 그 그림 이야기를 꺼냈다.

R에게

……가까이 다가간 후에야 나는 그림을 자세히 볼 수 있었습니다. 처음에 그것은 눈에 띄는 그림이 아니었어요. 마치 오래된 종이처럼, 채색되지 않은 흐릿한 노란색 바탕에 아주 희미하고 가느다란 선으로 무언가가 그려져 있다는 것이 스쳐지나가면서 본 그림의 첫인상이었습니다. 무엇이 당신의 집 거실에 앉아 있던 나를 일어서게 만들고, 곧장 그 그림 앞으로 이끌었는지는 알 수 없습니다. 나는 그림을 가만히 들여다보았고, 서로 머리와 어깨를 감싸안고 입맞춤을 나누는 두 사람의 모습을 발견했습니다. 첫눈에는 단순한 선과 형체로 그려진 조금 차갑고 내성적인 드로잉이라고 생각했지만, 곧 그 안에 담긴 비밀스러운, (다른 모든 것을 거부하는) 관능의 열기를 알아차린 나는 약간 놀랐습니다. 그러나 그 놀라움은, 어느

새 당신이 내 바로 뒤로 다가와 있는 걸 알아차린 놀라움에 비하면 지극히 사소한 것일 뿐이었어요. 그림을 바라보면 바라볼수록, 내 안의 고요한 동요는 더욱더 깊어졌습니다. 내가 집중하여 그림을 바라보는 걸 발견한 당신이 말했습니다.

"그건 한 헝가리 화가의 그림이에요. 그가 나를 위해 그려준 것입니다. 당시 우리는 서로 은밀하게 사랑의 감정을 느끼고 있었어요."

당신은 아주 나직하게 말했습니다. 당신은 헝가리 화가의 이름도 말했지만 나는 기억하지 못해요. 조금 전까지 거실에서 대화를 나누던 몇몇 손님들은 어디론가 사라졌고, 거실에는 우리 단둘뿐, 우리의 대화를 듣는 사람은 아무도 없었습니다.

"그러면 그는 지금 헝가리에 있는 건가요?" 내가 이렇게 묻자 당신은 대답했죠. "아니, 그는 이십 년 전에 죽었습니다." 그리고 밖으로 담배를 피우러 나갔던 남자들이 들어왔고, 당신은 그들과 문학에 대한 이야기를 이어나갔습니다.

세상의 다른 많은 일들과 마찬가지로, 사랑은 시작도 끝도 없다는 것이 내 생각입니다. 아마 한 권의 책도 그렇지 않을까요.

우리가 일생을 맡기기로 한 그런 일들.

우리가 카사블랑카행 야간열차를 타기 위해 탕헤르의 기

차역으로 갔던 그날 밤의 일부터 이야기하려고 해요. 2020년 3월 어느 날, 모로코의 탕헤르입니다. 자정이 가까운 시각 역에 도착한 우리는 역사를 가득 메운 인파에 깜짝 놀랐습니다. 우리가 타야 할 이등 객실은 이미 승객들로 발 디딜 틈 없이 채워졌고, 사람들의 얼굴에는 아마도 공포에서 기인한 막연한 긴장과 다급함이 서려 있었어요. 커다란 여행가방을 든 우리는 예상하지 못한 상황에 어쩔 줄을 모르다가, 마침내 카사블랑카행을 포기해버리기로 합니다. 누군가 기차표를 환불받을 수 있는 창구를 가르쳐주었지만 우리는 프랑스어를 거의 할 줄 모르는데다가 역사의 상황이 매우 심상치 않아 보여서 환불 수속을 하느라 지체하고 싶지 않았습니다. 아마도 우리를 제외한 모든 이들이, 바로 다음날부터 모로코 전역의 도시 간 교통수단이 전부 정지해버린다는 걸 알고 있었던 것 같아요. 그날 밤 인간들과 대조적으로 수많은 고양이들이 탕헤르 중앙역 역사를 여기저기 자유롭게 돌아다니고 있었던 것이 기억납니다.

우리는 다시 택시를 타고 호텔로 되돌아올 수밖에 없었습니다. 우리가 내린 광장은 평소라면 상상할 수 없을 만큼 완전히 텅 비었고, 모든 상점과 음식점, 카페가 문을 굳게 닫아 거리에는 단 한 명의 사람도 보이지 않았습니다. 우리는 오직 종잇조각과 쓰레기들만이 밤바람에 이리저리 날리는 구시가지의 울퉁불퉁한 골목길과 계단을 무거운 여행용 가방을 힘겹게 끌며 통과했고, 몇 시간 전에 체크아웃을 하고 나온 호텔의 벨을 누른 다음, 호텔 주인이 잠들어 문을 열어주지 않으면 어쩌나 걱정하는 마음으로 기다리고 있었습니다. 다행히 주인은 잠이 들지 않았고, 우리가 떠난 방도 그대로 있었습니다. 호텔은 이미 며칠 전부터 관광객들이 모두 떠나고 텅 빈 상태였으니까요. 다음날 우리는 계획을 바꾸어, 카사블랑카가 아니라 라바트로 가기로 했습니다. 두 도시 모두 우리에게는 낯선 곳이고 단 한 명의 친구도 없기는 마찬가지였지만, 하루하루 급박하게 조여오는 국경 상황을 생각할 때 우리가 정말로 모로코를 떠날 수 있다면 그건 아마도 수도인 라바트의 공항을 통해서일 가능성이 높다는 느낌을 그대로 따른 결정이었습니다.

지난 2월 내가 독일에 도착했을 때, 공항으로 마중나온 그가 말했습니다.

"깜짝 놀랄 소식이 있어. 우리는 이제 모로코로 가는 거야."

"모로코라니?" 내가 물었죠. "왜 모로코로 간다는 거야?"

"우리는 모로코에서 두 가지를 보게 될 거야. 라라슈에 있는 장 주네의 무덤, 오슨 웰스가 영화 〈오셀로〉를 촬영했던 도시 에사우이라."

하지만 우리는 끝내 에사우이라를 보지 못했습니다. 이미 알려졌듯이, 우리가 페스와 탕헤르에 머무는 사이 전 세계 거의 모든 공항의 문이 닫히는 사태가 발생했고, 그와 더불어 모로코 전역에 봉쇄령이 내려졌기 때문이죠. 아무것도 모르는 우리는 페스광장의 카페에 앉아, 단체 관광객들이 버스를 타고 떠나는 광경을 지켜보고 있었습니다. "무엇인가가 일어나고 있어" 하고 그가 말했죠. 그는 종종 아주 뛰어난 관찰자거든요. 하지만 그게 무엇인지 우리는 몰랐습니다. 며칠 사이에 호텔의 다른 여행자들은 모조리 떠나버렸습니다. 곧이어 우리의 비행 티켓이 아무런 설명 없이 취소되어 사라져버렸고, 우리는 그제서야 봉쇄 소식을 듣게 됩니다. 갑자기 모든 상점들이 문을 닫았고, 우리가 탕헤르를 떠나 라바트에 도착한 날 저녁부터는 도시 간 이동 수단도 운행을 멈추어버렸습니다. 우리는 이제 다른 도시로 갈 수도 없게 되었어요. 우리가 유일한 투숙객이었던 라바트의 호텔방은 예상과는 달리 좁고 불편했습니다. 처음 며칠 동안 우리는 호텔의 아침식사로 나오는 오렌지주스와 스크램블드에그 말고는 하루종일 아무것도 먹지 못한 채 지냈습니다. 식당이 문을 닫았고 외출도 불가능했지만, 무엇보다도 지출을 줄여야 했기 때문입니다. 봉쇄령이 얼마나 오래갈지 모르는 상황에서 매일 호텔비를 지불해야 했고, 게다가 대사관에 연락을 해보고 안 사실인데, 설사 한국으로 가는 임시 비행기가 편성된다고 하더라도 티켓 비용이 평소의 세 배에 이를 수도 있고, 그나마도 언제가 될지 알 수 없다고 했습니다. 외출 허가증을 받기 위해 경찰서를 찾아갔지만 거절을 당했고, 다른 관청에서는 "Attendez à la maison" 이라는 말을 들었을 뿐입니다. 우리는 호텔로 돌아올 수밖에 없었습니다. 눈이 멀 정도로 강렬한 햇빛 아래, 거리는 거짓말처럼 텅 비어 있었습니다. 길가에 야자나무 가로수가 있고, 나무 아래마다 사복 차림으로 서성이는, 아마도 비밀경찰인 듯한 남자들이 한 명씩 있을 뿐이었습니다. 그런 도시를 나는 이전에도 이후에도 본 일이 없어요.

그러던 어느 날 드디어 한국행 비행기가 편성된다는 소식을 듣고 기뻐하며 대사관에 신청을 했으나, 얼마 뒤 외국 국적자에게는 좌석을 확약해줄 수 없으므로 그의 이름을 명단에서 제외하겠다는 대답을 들었습니다. 그 과정에서 많은 일이 있었지만, 결국 우리가 독일로도 한국으로도 갈 수가 없다는 사실은 자명해졌죠. 절망에 빠져 있던 당시 우리를 구해준 것은 라바트의 괴테 인스티투트였습니다. 비어 있던 한 아파트에서 우리가 지낼 수 있도록 주선해준 것이죠. 아파트는 프랑스 대사관 근처 어느 건물의 가장 위층에 있었고, 햇빛이 환하게 비치는 외부 테라스와 우리가 머물던 호텔방의 세 배쯤 되는 주방을 갖추고 있었습니다. 게다가 괴테 인스티투트는 우리에게 외출 허가증도 마련해주어서 장을 보러 잠깐씩 나가는 일도 가능해졌어요. 우리는 근처 카르푸로 가서 식료품을 잔뜩 사왔고, 놀랍게도 왕궁의 요리사가 식재료를 구입한다는 슈퍼마켓에서 소고기도 살 수 있었습니다. 서쪽으로 난 커다란 유리창 밖으로는 하루종일 공중을 활공하는 검은 새들이 보였고, 새들은 나뭇가지를 물고 와 창틀 바깥에 둥지를 틀었습니다. 그리고 저녁이면 하늘을 가득 채우던 미칠 듯한 석양! 우리는 매일 테라스로 나와 해지는 하늘과, 하루종일 한 사람도 지나다니지 않는 텅 빈 거리와, 문을 닫은 수도원 학교의 초록빛 정원을 내려다보았습니다. 우리는 많은 대화를 나누었어요. 태양 아래 테라스에 앉아 이야기하고 또 이야기했습니다. 갑작스럽게 내몰린 절망적인 상황 한가운데서, 다시 예상하지 못한 큰 행운을 만난 것에 대해서, 너무도 특별한 이 경험과, 너무도 특별한 이 도시에 대해서. 말로 자꾸 꺼내서 이야기하지 않으면 현실감이 들지 않아서 우리 스스로도 도저히 믿기 힘들 정도였으니까요. 참으로 친절하게도 우리에게 빈 아파트를 쓸 수 있게 해준 집주인은 봉쇄령 이전부터 카사블랑카에 머물고 있었고, 우리는 모로코를 떠나는 그날까지 집주인 알리치아의 얼굴을 한 번도 보지 못했습니다.

우리가 아는 라바트는 오직 봉쇄령의 도시였습니다. 봉쇄령이 없는 평소의 라바트는 그때와 마찬가지로 지금도 상상할 수가 없어요. 우리는 왕궁에 사는 왕에 대해 들었고, 서부 사막지대로 가서는 안 된다는 말도 들었습니다. 우리는 모로코에 대한 책을 읽으며 라바트의 시간을 보냈습니다. 나는 노파와 전갈이 나오는 폴 볼스의 소설을 읽었어요. 문득 고개를 들면, 우리가 탕헤르와 페스의 구시가지에서 보낸 그동안의 시간들이 마치 꿈인 것만 같았습니다. 우리는 바다에서 일 킬로미터도 떨어지지 않은 곳에 있었지만 한 번도 바다를 보지 못했습니다. 종종 시내의 대로에 탱크가 서 있는 걸 보기도 했어요. 한밤중이면 항구 쪽에서 정체를 알 수 없는 대포 소리가 들려오는 바람에 놀라서 잠에서 깨곤 했습니다. 한밤중의 대포 소리가 무슨 의미인지 지금도 나는 알지 못합니다. 그렇게 잠을 이루지 못하는 밤이면, 이 불안한 시기가 얼마나 계속될지, 우리가 얼마나 더 오래 이 아파트에 머물 수 있을지, 이 낯선 도시에서 떠돌다 만약 바이러스에 감염된다면 우리는 어떻게 해야 하는지, 임시 비행기는 과연 또 있을지, 우리가 함께 비행기를 타는 것이 정말로 가능할지, 온갖 생각이 꼬리를 물고 이어졌습니다.

어느 날 우리는 집 앞의 마라케시 문 근처에서 한 청년과 마주쳤습니다. 검은 피부의 청년은 눈처럼 새하얀 셔츠를 입고 있었어요. 그는 매우 애처로운 목소리로 우리에게 뭔가를 말했습니다. 프랑스어였기 때문에 알아들을 수는 없었지만, 그의 태도와 말투에서 우리는 아마도 간절하게 돈이 필요하다는 내용일 거라고 짐작할 수 있었습니다. 눈을 찌르는 환하고 강렬한 햇빛, 건조하고 맑은 공기, 더없이 예리한 윤곽과 선명한 색채를 지닌 사물들, 텅 빈 거리, 어디서 나타났는지 알 수 없는 한 명의 청년. 그의 흰 셔츠는 얼마나 눈이 부셨는지요. 그간 우리가 탕헤르와 페스의 구시가지에서 만났던 많은 사람들, 이방인은 도저히 길을 찾을 수 없는 좁고 구불구불한 메디나 골목을 이리저리 누비며 관광객들이 원하는 레스토랑과 카페, 호텔, 상점 등을 가르쳐주던 구시가지의 안내인들이 떠올랐습니다. 하염없이 길어지는 봉쇄의 시간, 그들은 어떻게 생계를 꾸려나가고 있을까요.

반면에 라바트는 우리에게 잊지 못할 아름다운 기억들을 선사하기도 했습니다. 불확실함과 불안이 섞인, 그래서 더욱 유일한 아름다움입니다. 라바트의 거리, 화려한 꽃송이가 무겁게 달린 덩굴이 흰 담장 위로 무성하게 늘어져 있습니다. 마치 갑작스러운 전쟁으로 소개된 도시처럼, 사방은 인적 없이 고요합니다. 저녁 식탁 위 붉고 크고 달콤했던 사과, 꿀과 민트잎을 넣은 차, 핏빛 석양에 물든 하늘 위로 변함없이 무심하게 울리던 미너렛의 기도 소리, 사람의 발걸음이 사라진 골목길 한가운데를 느긋하게 서성이던, 마치 이집트의 여왕처럼 기품 있는 모로코의 고양이들이 있습니다. 그들은 그동안 우리가 미처 알아차리지 못했던, 이 도시의 진짜 주인처럼 보였습니다.

그 이후에 우리가 임시로 편성된 항공편을 타고 카사블랑카공항을 떠나 독일로 오게 된 과정은 당신도 잘 알고 있으니 다시 설명할 필요는 없을 거예요. 그런데 내가 당신에게 말하지 않은 것 한 가지가 있어요. 우리가 겪은 작은 추락에 대해서입니다. 쾰른 기차역에서 우리는 함께 계단에서 곤두박질치며 굴러떨어졌습니다. 다행히도 크게 상처를 입거나 하지는 않았으나, 그 사고는 어떤 결정적인 기억의 소용돌이 속으로 나를 끌고 들어가버린 듯했으므로, 언젠가 당신에게 들려주고 싶었어요. 그날 기차역 플랫폼에서 우리는 살짝 넋을 잃은 듯 멍한 기분이었습니다. 독일행 특별기가 있다는 말을 들은 우리는 서둘러 좌석을 예약한 후 짐을 싸고 차편을 구해 카사블랑카로 갔고, 세 시간을 날아서 독일 쾰른에 도착했어요. 이 모두가 단 며칠 만에 이루어진데다가 입국 심사대까지 무사히 통과한 것이 믿어지지 않았습니다. 햇빛과 색채가 폭발하던 모로코를 떠나온 우리에게 독일의 빛은 너무도 희박해 보였습니다. 거리에 사람들이 돌아다니고 일상이 유지되는 듯 보이는 풍경이 너무도 낯설었어요. 그때 멀리서, 우리가 탈 베를린행 기차의 탑승 플랫폼이 변경되었다는 방송이 들려왔습니다. 출발 시각이 임박해서였죠. 우리는 서둘러 계단을 내려가 새로운 플랫폼으로 향하는 에스컬레이터에 올라탔습니다. 그때 우리 앞에 있던 무거운 여행가방 두 개가 쓰러지면서 우리를 덮쳤습니다. 그리고 우리는 순식간에 에스컬레이터 계단을 굴러떨어지고 있었죠. 사람들이 달려왔고, 나는 머리카락과 옷자락이 에스컬레이터 안으로 빨려들어가는 것을 느꼈으나 곧 역무원이 에스컬레이터를 멈춰 세웠습니다. 우리는 정신없이 짐을 챙긴 후 다른 생각을 할 겨를도 없이 기차로 달려갔습니다. 누군가 나를 불러 세우고 망가진 안경과 책을 주워서 건네주었지만 감사의 인사를 할 겨를도 없었습니다. 내가 기차에 발을 올리자마자, 기차는 움직이기 시작했습니다. 통로를 지나가던 한 여자가 괜찮으냐고 물었으나 나는 아무 대답도 할 수 없었습니다. 사실 나는 팔꿈치가 살짝 벗겨졌을 뿐 별다른 신체적인 손상은 없었지만, 충격 때문에 입을 열어 말을 할 수 없는 상태였어요. 아마 그도 마찬가지였을 겁니다. 우리는 사인용 좌석에 말없이 마주보고 앉아 있었고 대성당이 우리를 스쳐지나갔습니다. 그의 얼굴을 마주본 나는 깜짝 놀랐는데, 일순 엘 그레코의 그림을 본 듯했기 때문입니다. 종이처럼 창백한 피부, 돌처럼 굳은 표정에 짙은 음영이 드리운 얼굴, 충격의 여운이 뚜렷한, 커다랗게 뜬 눈. 뺨과 이마에는 마치 삭제 표시처럼 몇 개의 금이 가 있었는데, 그건 상처와 붉은 핏자국이었어요. 내가 단 한 번도 상상해본 적이 없는 모습이었죠. 나는 그에게 망가진 안경을 건네주었습니다.

불현듯 기억이 되살아난 것은 그때였습니다. 내가 겪은 어린 시절 추락의 기억이죠. 나는 계단 꼭대기에서 머리를 아래로 하고 곤두박질쳤습니다. 가벼운 어린아이의 몸은 고무 인형처럼 튕기며 떨어져내렸습니다. 계단 위에 있던 사람들의 비명을 나는 떨어지면서 생생하게 들었습니다. 그들은 아마도 내가 죽었을지도 모른다고 생각했을 거예요. 어째서 내가 크게 다치지 않고 그 자리에서 바로 일어설 수 있었는지, 지금 생각하면 기적이라고밖에 설명할 수가 없어요. 하지만 나는 분명 혼자 힘으로 일어서서 옷을 털고, 누군가 건네준 유치원 가방을 받아든 다음, 둘러싼 사람들의 질문에는 한 마디도 대답하지 않고, 한 방울의 눈물도 흘리지 않고 그 자리를 떠났습니다. 내 얼굴은 상처투성이였지만, 나는 그 상처의 이유에 대해 어린아이답게 단 한 마디도 누설하지 않을 것입니다. 베를린행 기차에서 내가 분명하게 알 수 있었던 것은, 어린 시절의 내가 죽기를 원했고, 그래서 계단 위에서 스스로 몸을 던졌다는 거예요. 그곳은 서울에 있는 한 백화점의 야외 계단이었고, 나는 혼자였습니다. 그것은 생애 최초의 자살 시도였어요. 일생 동안 잊고 있던 그 기억이, 유리창의 붉은 빗물처럼 길게 상처 자국이 난 그의 얼굴을 보는 순간 다시 떠올랐던 겁니다. 나는 아득히 깊은 소용돌이로 빨려들어가는 현기증을 느꼈습니다. 아, 나는 글쓰기의 기원에 관한 글을 써달라는 부탁을 받았습니다.

친애하는 친구 R, 우리는 오늘도 당신을 위해 정원의 부처상 앞에 촛불을 켜두었어요. 당신은 두려워할 필요가 없습니다. 우리는 오늘도 그리고 내일도 이곳 정원에 있을 거예요. 여기서 우리는 도래할 것을 기다릴 겁니다.

"우리는 정원으로 가는 거야." 최초의 소리와 같은 말이 내 입에서 나왔어요.

"다른 곳으로는 절대로 가지 않아."

그때 마가목이 서 있는 북쪽 정원의 그늘진 곳에서, 얼굴을 가린 검표원이 다가왔습니다.

에필로그

봄부터 여름 내내 그리고 가을이 될 때까지, 그동안 내가 계속해서 무슨 글을 쓰고 있는 건지 궁금하다고 베를린 서가의 주인은 말했다. 읽기에 대하여, 라고 나는 대답했다. 그렇다면 그것은 네가 읽은 책에 대한 글이냐고 베를린 서가의 주인이 다시 물었다. 아니라고 대답했다. 나는 책에 *대해서*는 한 줄도 쓰지 않았다고. 내 글에는 '베를린 서가의 주인'이라는 상상의 인물이 등장하는데, 그는 글 속의 대화체를 위한 장치이며 '듣는 사람'으로 위장한 '말하는 사람'의 역할이고, 실질적으로는 '말을 암시하는 사람'이자 '말을 불러일으키는 사람'이라고. 그는 마치 한 권의 책과 같고, 나는 반복해서 책을 읽는다고 쓸 뿐 한 권의 책에 대해서는 아무것도 쓰지 않았다고. 그것은 불가능하기 때문에, 왜냐하면 나에게 독서란 한 권의 책과 나란히 일어나는 동시성의 또다른 사건이지 책을 기억 속에 저장하는 일은 아니기 때문이다. 그러므로 누군가 이 글이 무엇이냐고 묻는다면 나는 읽기에 대한 글이라고 대답할 수밖에 없다고.

오늘 우리는 페리를 타고 섬으로 갔다. 섬은 울창한 자작나무숲과 풀이 무성한 해변과 멧돼지가 파헤쳐놓은 떡갈나무 비탈과 텅 빈 캠핑장과 농가를 개조한 비어가르텐으로 이루어졌다. 우리는 비어가르텐에서 맥주를 마시며 잠시 책을 읽었고, 숲을 산책한 후 선착장으로 왔다. 선착장을 지키는 남자가 말했다. 이제 겨울이 되면 자신들은 모두 철수하며 섬에는 아무도 살지 않는다고, 겨울 내내, 세 마리의 멧돼지가 섬의 유일한 거주자일 것이라고. 우리가 유일한 승객인 페리를 타고 호수를 건너는 중에 청회색 구름이 몰려오면서 수면이 갑작스럽게 요동쳤다. 나뭇잎이 소용돌이치며 마치 거대한 무리의 새떼처럼 호수 상공을 지나갔다. 건너편 숲 위로 번개를 머금은 듯 금빛으로 테두리가 반짝이는 거무스름한 구름들이 위협적으로 짙게 쌓여갔다. 그러나 숲의 드높은 나무들은 갈색을 띤 황금빛 장벽처럼 꼼짝없이 장엄하게 서 있었다. 마지막까지 물에 떠 있던 백조 한 마리가 날아올랐다. 순식간에 호수는 불투명한 청동빛으로 변했다. 아마도 겨울에 우리는 보트를 빌려 타고 다시 한번 더 섬으로 오게 될 것이다, 하는 예감이 그 순간 우리를 동시에 엄습했다.

이것은 글자 그대로, 오직 이 정원을 따라서 쓰인 글이다. 어느 날 내가 우연히 도착하게 된, 투야나무 울타리 뒤편의 보이지 않는 정원. 거기서부터 모든 것이 시작되었다. 이것은 정원의 시간과 동시에 일어난다. 정원의 삶과 나란히 간다. 이 글 속의 그 무엇도 정원보다 앞서거나 나중에 말해지지 않았다. 이곳은 파라다이스라고 베를린 서가의 주인은 말했다. 파라다이스의 어원은 고대 이란어로 '울타리로 둘러쳐진 땅'을 의미하므로.

작별들 순간들

1판 1쇄 2023년 2월 10일
1판 8쇄 2024년 1월 30일

지은이 배수아
기획·책임편집 강윤정
편집 김영수 이희연
디자인 김이정 최미영 | 저작권 박지영 형소진 최은진 서연주 오서영
마케팅 정민호 서지화 한민아 이민경 안남영 왕지경 황승현 김혜원 김하연 김예진
브랜딩 함유지 함근아 고보미 박민재 김희숙 박다솔 조다현 정승민 배진성
제작 강신은 김동욱 이순호
제작처 천광인쇄사(인쇄) 경일제책사(제본)

펴낸곳 (주)문학동네 | 펴낸이 김소영
출판등록 1993년 10월 22일 제2003-000045호
주소 10881 경기도 파주시 회동길 210
전자우편 editor@munhak.com
대표전화 031) 955-8888 | 팩스 031) 955-8855
문의전화 031) 955-3576(마케팅) 031) 955-2678(편집)
문학동네카페 http://cafe.naver.com/mhdn
인스타그램 @munhakdongne | 트위터 @munhakdongne
북클럽문학동네 http://bookclubmunhak.com

ISBN 978-89-546-9056-0 03810

www.munhak.com